[TEMPO DE CÃO]

Márcia Barbieri

[TEMPO DE CÃO]

Editores
Marcelo Nocelli
Rennan Martens

Revisão
Grazi Brum

Imagem da capa
www.pexels.com

Ilustrações do miolo
Ivan Sitta

Design e editoração eletrônica
Karina Tenório

Dados Internacionais de Catalogação na Publicação (CIP)
Bibliotecária Juliana Farias Motta CRB7/5880

Barbieri, Márcia.
[Tempo de cão] / Márcia Barbieri. –. São Paulo: Reformatório, 2022.
220 p.: 14 x 21 cm.

ISBN: 978-65-88091-67-8

1. Romance brasileiro. I. Título.
B236t CDD: B869.3

Índice para catálogo sistemático:
1. Romance brasileiro

Editora Reformatório
www.reformatorio.com.br

Todos os cadáveres do mundo são quimicamente idênticos, mas o mesmo não acontece com o indivíduo vivo.

Carl G. Jung

Não é preciso que nenhum fantasma saia do túmulo, meu senhor, para nos dizer isso.

Shakespeare em Hamlet, ato I, cena 5

Um leão se criou entre as ovelhas e começou a pensar "eu sou uma ovelha" e tinha medo dos cachorros e das raposas.

Ramakant Maharaj

A licença poética utilizada no texto pela autora foi preservada nesta edição. Por esse motivo, é possível notar algumas passagens em desacordo com a norma padrão do português brasileiro. Fora este fato, os outros erros são culpa da distração dos revisores.

SUMÁRIO

PRÓLOGO 9

POST SCRIPTUM 11

LIVRO 00:00 - PRÓLOGO TARDIO OU A MORTE VEM A GALOPE-ƎԳOꓶAᎮ A MƎV ƎTЯOM A 13

LIVRO I - ANATOMIA DOS MORTOS 55

LIVRO II - UM HOMEM SEM SOMBRA DE DÚVIDA 93

LIVRO III - OU A RESSURREIÇÃO DOS MORTOS 161

ANTES DO LIVRO IV - A METAFÍSICA DOS VERTEBRADOS OU DOS MORTOS QUE NÃO ENTERREI 179

LIVRO IV - BONOBOBO E A CABEÇA DE DIOS 189

LIVRO V - OU A VARÍOLA DOS MACACOS 199

EPÍLOGO 219

PRÓLOGO

eu era um homem ¿quem discordaria?

POST SCRIPTUM

Cutuquei. Estava viva.
Cutuquei. Estava morta.
Um zum zum zum de moscas.
Uma falação de fantasmas.

LIVRO 00:00

PRÓLOGO TARDIO OU A MORTE VEM A GALOPE-A MORTE VEM A GALOPE

Cheguei antes de amanhecer no povoado. A varíola do macaco já visitara todas as casas. Recordei de um ensinamento paterno: quando um homem fala, Deus faz silêncio para escutar. Talvez a doença fosse um castigo divino. Eu vim a pedido do meu pai e pela boca insossa de minha mãe. Fazia frio, por sorte estava bem agasalhado. Se não tivesse ouvido os conselhos maternos sobre vestimentas a essas horas estaria congelando. As mães têm certa utilidade, não podemos negar. Minha mãe pouco falava, no entanto, seu corpo se estendia em um falatório sem fim. A demência era a desgraça da minha família. Uma deficiência congênita [Os demônios, às vezes, têm formas sutis de agir], dizem que se estendeu até mesmo para alguns membros da vizinhança. Isso não me surpreende, já que as cercas eram baixas, o desejo esparramado e as mulheres usavam saias. Muitos nasceram mudos alguns catatônicos outros nasceram loucos outros tiveram ainda mais azar, eram homens esculpidos e escarrados. Não tenho do que reclamar. Poucos tiveram a minha sorte. Eu apenas escorreguei do seu útero e estava ali entre eles. Desengonçado, peludo e grande. Um protótipo de homem. Um macaco que sorria e cagava. Não pude fazer nada. A existência se dera por uma aleatoriedade que eu ainda não compreendia. Não foi uma escolha. Nunca é uma escolha. Ao menos me parece que não herdei a loucura de família. Sou sadio e bom em álgebra. Não que a matemática correta das coisas tenha me salvado do afogamento diário. Ao contrário, só me tem feito contabilizar com perspicácia o fracasso. Indague o que me foi subtraído e te forneço uma lista de algoritmos inúteis. Calcular tem sido apenas uma tarefa para tentar inutilmente espantar o tédio. Ninguém conseguiu inventar uma equação que drible as agruras da existência. Tampouco eu serei o primeiro a inventar. Não me perguntaram nada e duvido que pensaram nessa possibilidade. Eu era mais um num tronco de cem mil exemplares. Sadio, mas dispensável. Se eu morresse minha mãe copularia novamente e daria à luz a outra criatura insignificante. A parteira bateria na bunda da criança esperando o grito inaugural. Meu pai contrariado consentiria. Não respondia pelos seus espermatozoides, minha mãe que controlava quando esses simulacros invisíveis de homem podiam jorrar dentro dela. Meu genitor tinha o sangue frio como o dos lagartos, dependia do ambiente para regular o próprio corpo. Já eu não passava de um sagui sorridente e banguela. *Quieto Menino, cada macaco no seu galho!* Um estranho no ninho. Dizem que quem sai aos seus não degenera. Cara de um focinho de outro. As fotos na parede da escadaria retratavam este fato com fidedignidade. Não ofereceria meu rosto para envelhecer dentro de um autorretrato, que o tempo me engolisse junto com minhas feições. Eu não perderia horas discutindo com a ancestralidade do daguerreotipo. Não há dúvida que a câmera automática tenha inventado o sorriso. Entre mortos e feridos estavam todos esbanjando arrogância. Cada um com uma cara de paisagem diferente, mas semelhantes na tolice. *Quem sai aos seus não degenera...* De boca fechada não nos assemelhávamos uns aos outros. Um amontoado de ossos e costelas nos aproximava. Um sobrenome em comum no registro dos nascidos. Uma marca como aquelas que distinguem os gados, evitando assim que o dono seja surrupiado ou que o animal atravesse a cerca vizinha. Não podia imaginar que eu tinha despencado do mesmo buraco que eles. Parecíamos frutos verdes arrancados à força do pé. Não podíamos ser devorados. Apodrecíamos aos poucos. Nós estávamos conscientes que o corpo era apenas uma matéria emprestada. Uma cova se abre a cada passo. Torciam os narizes como se fossem os únicos nessa terra de amaldiçoados. Ninguém diria que eram filhos da mesma desgraça e partilhavam os mesmos genes deficientes e a mesma privada. Se conhece um lugar pela fisionomia ignóbil dos seus habitantes. Os moradores deveriam andar com as caras enfaixadas. Apesar da desgraça, minha mãe continuava orgulhosa alisando a própria barriga como se fosse Deus, se gabava por ter parido meia dúzia de desalmados. Se achava melhor do que as vizinhas estéreis e do que as mulas de carga. Mantinha um sorriso tonto na cara, certa do seu parentesco divino. Apertava as bochechas dos filhos com uma alegria bestial. Olhava a cara de suas crias e via a própria cara refletida num espelho distorcido. Assim mesmo não se enxergava. Ela amava com afinco aquelas criaturas de beiços protuberantes e pernas arqueadas. Eu não abriria a boca para contrariá-la. No entanto, não a perdoaria por ter alojado meus irmãos no mesmo ventre que me nutriu. Meu pai como todos os pais se assemelhava a um fantasma encarnado. Uma assombração familiar, às vezes, sentava-se à mesa. Ele mantinha o tronco um tanto inclinado, como se não quisesse se responsabilizar pelos genes que espalhou. Sim, ele tinha consciência do seu erro. Ninguém precisaria lembrá-lo. Eu via diante de mim um macaco arrependido. Acendia o cigarro, tragava e jogava a fumaça na direção do chão. Em certas ocasiões, flexionava os joelhos e remexia na terra, uma espécie de preparação precoce do próprio enterro. Não morreria tão cedo, é verdade, assim mesmo encenava. Ao menos não se tornara tão alienado quanto minha mãe. Contudo, nada que fizesse poderia retratar o seu equívoco. Já tinha errado o suficiente. Contava as suas faltas com os dedos das duas mãos. Não bastava. Baixava a cabeça envergonhado por ter esparramado pela terra seres estranhos e inadequados. Eu tampouco poderia ajudá-lo, nada que eu fizesse alteraria o fato de ele ter infestado o mundo com seres a sua imagem e semelhança. Se não fosse por ele a humanidade seria um tanto melhor. Coçava a cabeça como se abrigasse uma colônia de piolhos. Era pior do que isso, ele abrigava homens debaixo do seu teto. Ele cuspia uma reza indecifrável por baixo da mesa e depois se retirava, quase se desculpando pela existência desnecessária. Se eu fosse ele também me sentiria culpado. No entanto, não puxei o lado paterno e a culpa não me acompanhava por cima dos ombros. Me sentia confortável tendo nascido com um saco escrotal, não ter um útero já me parecia uma vantagem incalculável.

Eu não sabia, mas previa que ser mulher numa terra de homens não era nada confortável. As mulheres eram como animais maquiados. Não pretendia ter filhos, não achava justo prolongar a desgraça da família. Por pouco não estendi a mão e lhe fiz um afago, apenas para demonstrar que todas as existências eram tão desnecessárias quanto a sua, estava acompanhado em desventura por todas as outras criaturas. Não era o único responsável. Minha mãe, que era tão mulher quanto as outras, retocava pacientemente a maquiagem, alheia aos desmantelos do mundo. Na sua opinião manter um rosto impecável era sua obrigação. Talvez também considerasse importante um belo par de sapatos, porém nunca se pronunciou em relação a isso. Todas as mulheres que dormi durante a vida tinham o mesmo rosto, todas usavam a mesma carranca que minha mãe. Meu pai não tinha motivos para lamentar por sua incompetência em se manter vivo. Estávamos todos à mercê do destino. Queria consolá-lo, porém, meu afeto era frouxo. Desisti, ele não entenderia a nobreza do meu gesto, deixei o pensamento morrer antes que a mão tentasse fazer o trajeto da recusa. A roseira secou, mas ninguém se importava, excesso de sol ou poda incorreta. Custava a crer que os meus traços me prenderiam a espécies tão bizarras. Infelizmente não pude nascer de uma chocadeira. Se eu tivesse pouca fome me recusaria a sentar na mesma mesa que eles, no entanto, eu estava constantemente faminto. Olhei de esguelha para o espelho colado na parede, definitivamente não me assemelhava em nada com eles, não digo que fosse mais feio ou mais bonito, incomum apenas. Olhei de novo, no entanto, o espelho não estava mais lá. Parei de refletir e retornei à realidade, esse monstro de duas caras. Alguns passavam o café, outros comiam bolacha com a boca aberta. Não se importariam se tivesse um corpo apodrecendo no meio da sala, nem sequer perceberiam. Eram da mesma família *sangre de mi sangre*. Mirava as veias no meu braço e não compreendia como meia dúzia de linhas poderia me unir a eles. *Sangre de mi sangre*. Eu não me abalaria por causa dos meus defeitos congênitos. Eram da mesma família, pronunciavam isso cheios de orgulho. *Sangre de mi sangre*. Ainda assim, partilhavam apenas os trajes desalinhados e a péssima mania de falar com a boca cheia. Mal se reconheciam enquanto tagarelavam, falar de si é algo ultrajante e cansativo. Pena que ninguém percebe isso e eles ficam todos lado a lado admirados com seus monólogos. Eu fico quieto, já me basta a falação dentro da minha cabeça. Além disso, meu discurso seria apenas mais um monólogo ecoando pelos cantos da sala. Se eu fosse esperto jamais teria rezado pelos meus mortos, porque embora sem vida, não estavam ainda enterrados. AINDA. Eu poderia enterrá-los, afinal, esse é o meu trabalho. Não, não sou um coveiro, se é isso que está pensando. Sou Menino, o enterrador de corpos. Coloquei na carroça uma pequena trouxa, ali estava o meu quarto inteiro, fora isso levei comigo os provérbios proferidos pela boca paterna em momentos de lucidez. Não sou coveiro. Não estou aqui à toa, foram eles que me chamaram. Qualquer um poderia me substituir nessa função, no entanto, eles me escolheram e eu estou aqui. Não importa quem são eles, se você soubesse não mudaria nada. Se morrer, será enterrado como todos, abrirei a cova e depositarei o seu cadáver, é uma lógica simples. Mas, isso não é nenhuma novidade, desde que nasceu estão te preparando para a morte. Uma cova se abre a cada passo. ¿Por que isso o assustaria? Desaparecerá sem grande alarde, como um tatu silencioso se movendo por debaixo da terra ou como uma planta que se extingue e continua com as raízes submersas. Quem sabe toque um sino, se alguma vaca estiver pastando pela redondeza. Talvez um ou outro cão durma na sua sepultura. Talvez não. Não procure nada além disso. Não há nenhuma poética na morte. Findamos desde o instante em que o cordão nos abandona. Não há mais onde se segurar. A morte é um fracasso gradativo. O homem se assemelha a uma semente que a terra abocanha e não germina. Uma árvore que dá frutos estéreis. O pensamento não pode livrar o homem da finitude, morrerá e apodrecerá como o mais irracional dos invertebrados. Uma aranha pensante. Esperamos grandes honrarias e nunca as recebemos em vida, contudo, também não as receberemos depois de mortos. Não existe nada nem de um lado nem do outro.

Não espere grande coisa. Não passaremos de cadáveres engravatados esperando pacientemente o jantar dos vermes. Morto o homem fede como todos os outros animais, porém, vivo se acha melhor do que eles. Não interessa o que falaram antes, essa é a verdade e a verdade não é agradável. O homem é responsável pelo próprio desterro. Apesar dos contratempos, eu era a prova viva de que a árvore genealógica não dita o seu destino, apenas sopra um vento gelado na sua carcaça. Eu não estava submetido a nada, eu era uma criatura livre. ¿Vocês fazem ideia do que significa isso? LIVRE LIVRE. Eu era livre, ao menos pensava que era. Naquele tempo poucas bocas teriam coragem de me desmentir. A parecença de um nariz ou um olho não pode ser capaz de desviar seu destino. Meu corpo não podia ser uma terra tomada. Uma sequência genética aleatória não podia me codificar. Não me faça discorrer sobre o grau de semelhança cromossômica entre chimpanzés e humanos. A miséria da minha linhagem não podia guiar meus passos. A saliva de um antepassado não poderia ainda correr na minha garganta e atravessar minhas palavras. Traqueostomia. Não devia nada a ninguém. ¿Quem ousaria afirmar o contrário? Não podiam me escarrar para fora do ventre e me entregarem uma fatura vencida, cada um que arcasse com as suas próprias despesas, dê a César o que é de César. Não me façam pagar pela foda mal dada dos meus progenitores. Não pedi para nascer, mas já que me plantaram aqui não estava disposto a andar para trás feito caranguejo. Que mandassem a conta aos meus irmãos mais novos. Se a culpa é de alguém com certeza é deles. O mosquiteiro no berço vazio mostrava que bem ou mal todos os meus irmãos de sangue tinham sobrevivido. Ombros fortes, barriga cheia e cabeça vazia. Não que eu tenha perdido meia noite de sono torcendo para que tal coisa acontecesse. Isso não me deixava mais feliz, apenas intrigado. *Não há bem que sempre dure nem mal que nunca se acabe*. Nunca vi sentido em dividir o afeto com outras bocas. No entanto, minha mãe era tão vazia que não parava de parir. Quando não estava prenha achava que estava morta. Se pequeno tivesse malícia teria deixado meus irmãos engasgarem com o leite até perder o ar. Não achava justo um ventre ser capaz de abrigar mais do que um filho. Não tinha sido preparado para ser o outro. A imagem deles me vem à cabeça como pequenos seres sujos e remelentos. Não entendia porque minha mãe não os colocava no chiqueiro com os outros porcos. Embora entendesse que os porcos os expulsariam. Nenhum animal gostaria de dividir espaço com seres tão dissimulados. Eu preferia os porcos. Eu não tinha ciúme dos meus irmãos, apenas achava que deveriam restituir o meu lugar de direito, eu era o primogênito. Não podiam ocupar um espaço que fora meu e saírem ilesos. Eu os perseguiria por toda a vida. Se eu não tivesse irmãos não conheceria o inferno íntimo do parentesco. Depois que minha mãe os cuspiu do ventre exigiram de mim uma espécie de paternidade impostora. Um pai, com duas pernas e dois braços afetuosos. Um pai corporificado. Um homem que beijasse e apertasse as bochechas. Uma criatura que mastigasse o alimento antes de despejar na boca dos filhos, como um pássaro intuitivo e dedicado. Sim, achavam que eu poderia dar à luz um pai afetuoso e cheio de dengos ou talvez quisessem que eu fosse um pai fantasma, aquele que se adivinha a presença, mas nunca está lá ou está apenas de corpo presente. Não adiantava jogar os anzóis, pai era um peixe infisgável. Queriam que eu me transformasse num pai que respira e escarra. Como se a figura paterna tivesse tido tempo suficiente para ser gerada. Como se a natureza pudesse produzir um pai aos poucos, como se produzem as flores menores nos campos ao lado dos arbustos mais frondosos, como se produzem os urubus antes da morte chegar. Não se davam conta que pai é por definição etimológica um ausente. Pais não existiam. ¿Será que nunca perceberam que pai era uma figura retórica? Alguém apenas para se manter na retaguarda como um cão de guarda inofensivo. Agiam como se fosse a minha barriga que tivesse esticado e se preparado por meses durante a gestação, como se eu tivesse tido enjoos matinais. Não é fácil gestar um novo homem sem que uma ânsia incontrolável tome conta do corpo. Me cobravam como se eu tivesse um dia sonhado com o rosto do meu suposto filho. Na verdade, uma mulher se prepara para a maternidade antes do nascimento, de dentro do ventre da mãe o feto já apresenta um útero. Uma mãe nasce pronta. Via de regra, um pai é sempre um impostor. Um papel que não estava disposto a cumprir, quem pariu que os balance. Queriam me forjar um protagonismo parental, como se morasse dentro de mim um corpo que eu ainda não conhecesse. Como se eu pudesse desenhar um pai no meu corpo raquítico. UM PAI! Não podia subir ao palco e assumir um papel que não fazia a mínima ideia do que era. Quando eu me olhava no espelho eu via apenas um macaco inacabado, nenhum vestígio de parentesco com um homem. Eu me tornei uma sombra mal projetada de um homem. Meu pai era uma presença vaga na minha memória. Alguém que gesticulava enquanto comia, no entanto, nunca saiu de sua boca uma palavra inteligível. Mal consigo lembrar se ele realmente tinha uma boca. Se uma mosca sondasse o meu rosto eu poderia abatê-la e confundi-la com o meu pai estatelado na parede. Sim, uma mosca, sempre rondando a carne podre, mas pousando apenas eventualmente. Eu mataria uma mosca sem remorsos. Não, não mataria meu pai. Viver é uma tragédia e ele merecia passar por ela. Também não sinto remorsos por deixá-lo viver. Falavam como se o meu corpo pudesse se desdobrar do nada e se transformar no parente ausente que lhes colocasse uma teta nutritiva na boca. Eu não tinha nada a oferecer e não podia sequer imitar os gestos de recusa de meu pai. *Você é o maiorzinho, é como um pai para eles*. Não, eu não era! É tão bizarro como as pessoas simplificam as coisas! Nem tudo que tem listras é zebra! As pessoas perdem boas oportunidades de continuarem caladas. Não havia em mim nenhum instinto de parentalidade, como disse antes, o sangue não era garantia de afeto. Parece que eles nunca conheceram cadelas que devoravam as próprias crias. Eu não sabia fazer ninhos, desde criança fui melhor fazendo covas. ¿Não é debaixo da terra que tudo começa? ¿No silêncio sepulcral da terra? ¿Não é desse lugar úmido e escuro que as coisas brotam? Não entendia como os homens podiam germinar de tão pouca semente. Também não me estranhava o destino infeliz da humanidade. Meus irmãos eram ao meu ver como galinhas, cujas as asas foram cortadas. Eu não era responsável por eles, eu não os tinha chocado. Ficavam o tempo todo ciscando no quintal, vez ou outra tiravam os paus de dentro das calças e encharcavam o terreno, depois voltavam a ciscar. O mundo deles se restringia a um quintal, uma cerca e uma criação de porcos. Talvez na adolescência acasalassem com algum dos bichos da fazenda. Não tinha vontade de ver meus irmãos, gostava deles tanto quanto da balconista da loja de cigarros. Fumo pouco, logo mal lembro da cara da vendedora. Eu podia não acreditar, mas outros rostos parecidos com o meu passeavam por aí pendurados em um corpo mais gordo ou mais magro. Isso não devia me causar estranhamento. Os parentes costumam dizer que os irmãos nunca se perdem, basta olhar para um e prontamente se encontra o resto do bando. Ninguém nunca errou ao usar esse método. Não concordava e também não fazia questão de procurar. Parece que apenas a minha cara estava dentro da despensa à espera de um corpo adequado. Ninguém me reconheceria se usasse o molde dos meus irmãos, não me parecia em nada com eles. E isso me tranquilizava. Eu não era uma galinha sem asas. Espremia o fruto entre os dedos, jogava longe o caroço. Não perca tempo arremessando, não vale o esforço. Respira. Não adianta a cova ser funda se o defunto é magro. Ou arranja um defunto mais gordo ou pare logo de cavar. As covas aqui não possuem nenhuma serventia, nada brotará delas, nem mortos nem vivos. Não desperdice seu esterco. Aqui é um terreno pedregoso. Veja o tanto de poeira no ar. Não seja teimoso. Não julgue que estou sendo pessimista, eu sei do que eu falo. Fui enterrado neste buraco desde que nasci. Aqui se cria ruga ainda na juventude. Procure um terreno fértil. Não vai encontrar nada por esses lados. Não adianta umedecer o caroço com cuspe, ele secará antes de cair ao chão. Se fosse inteligente não teria sequer atravessado aquela cerca. ¿Se estava se dando tão bem no estrangeiro como falam, por que resolveu voltar? Não vejo com bons olhos homens que supõem que a felicidade pode se encontrar mudando de país. ¿Por acaso acredita que a felicidade tem nacionalidade? Só um homem raso confiaria em tal baboseira! Por aqui ficará desamparado e ainda vai criar desafetos. Bem se vê que você tem a cara parecida com a cara dos macacos. Estendi a mão na frente do meu rosto e tentei entender como um símio poderia explicar a minha desgraça. Não poderia. Nenhuma espécie sobre a terra era capaz de entender a própria angústia. Não se preocupe, acho até os macacos seres simpáticos, só não consigo apreciá-los com mais afinco devido a sua semelhança mórbida com os homens. Pensei comigo o que aquela criatura acabava de grunhir... ¿Afinal, quem nessa aldeia de avejões não tem a cara parecida com a cara dos macacos? Talvez uma feição assim seja uma vantagem, assusta os predadores. Não havia nada de novo na minha face, mas não quis discordar tampouco concordar. A maioria dos meus discursos se perdiam antes de serem proferidos, calado eu era um gênio, discutir era uma tarefa tão árdua, não me atraia, mal juntara forças para prender uma mandíbula a outra. Antes, fiz um cafuné num cão sarnento que não parava de esfregar o rabo na minha canela. Era malhado e por isso não consegui ignorá-lo por completo. Deixe disso, esse cão está imundo! Xo xo saí daqui vira-lata dos inferno! Bem se vê que não tem um pingo de juízo! ¿Acha mesmo que essas atitudes podem ajudar? Onde já se viu ficar dando corda para um cão sujo desses! Aprenda uma coisa: quem muito fala dá bom dia a cavalo e ainda briga se o animal não responde. Vá embora enquanto é tempo. Não pode ter esperança por aqui, está estragando sua semente. Nada nasce nesta terra de infelizes. O pouco que nasce, nasce órfão. Apenas consegui me lembrar daquele velho provérbio, se conselho fosse bom não era de graça, porém, fiquei quieto, guardei minhas impressões comigo. Se tivesse um pouco mais de estudo talvez passasse a anotar minhas impressões, as leria mais tarde, quando tivesse pouco sono. Sofria com insônias recorrentes. Não considerava que minhas ideias poderiam fazer sentido para algum homem. Provavelmente mais tarde não faria sentido nem mesmo para mim quando as relesse. Talvez nem conseguisse decifrar minha própria caligrafia. Escrever é tão inútil quanto ganhar uma discussão sobre ornitorrincos. Não se gasta saliva à toa em deserto. Não sei porque todo ano aparecem por aqui tantos peregrinos, os tontos não se dão conta que estão pisando em solo desgraçado. Chegam sempre acompanhados por seus cães sarnentos, que não servem para nada, caso servissem alertariam os seus donos sobre os perigos de viver em uma terra de ninguém. Os mais ignorantes deixam os cães na antiga aldeia e chegam acompanhados da família. A desventura do homem é se guiar pelo faro. Estou farto de ficar aconselhando marmanjo! Vou deixar que eles deem com os burros n'água! Seu pai deveria ter te ensinado a procurar por vida em outras pastagens. Não se deve ensinar ao filho perpetuar a penúria dos antepassados. *Quem sai aos seus não degenera...* Não podia discordar dessa vez, tinha muita verdade na sua sentença. Procurei os olhos do meu pai, ainda que soubesse que homens não atravessam paredes. Meu pai era um homem enraizado. Tentei cavoucar com um graveto o solo ao redor do meu pé. Eu sou um animal que berra. Havia em todos os meus gestos os fantasmas dos gestos do meu pai. Havia em toda a extensão do meu corpo uma história desconhecida. Havia na minha mão um pouco da porra do meu avô. Não pense que também já não cai nesse conto do vigário, também achei que poderia dar um jeito, que era uma questão de técnica. Deixa para lá, um homem sozinho não faz verão, que outros homens apareçam para compartilhar o infortúnio. Tiro meu time de campo, vocês que se resolvam sozinhos. ¿Querem pagar para ver? Que assim seja! Mas, não espere nada das autoridades daqui. O que o governo fez foi aumentar nossa desgraça, mandou enterrar vivos os inábeis, negou a compra de vacinas, não iria gastar dinheiro com um bando de inúteis, que sobrevivesse o mais forte, imunidade de rebanho, quem precisa de um país atolado de homens desnutridos? Que servissem ao menos de alimento à terra, que servissem de esterco, sim, as plantas cresceriam mais vistosas depois de tantos cadáveres. Todo domingo de manhã a fila do abatedouro dá voltas no quarteirão, todos à espera da doação semanal de ossos de boi. Deveríamos aprender com os carniceiros, os urubus não esperam a morte, eles sabem que a morte virá e os alimentará. Uma parte em mim acreditava que não existia terra infecunda. Olhei e vi um lagarto se arrastando entre os arbustos secos. Tentei agarrá-lo, mas ele era mais rápido. A existência se desdobra assim, pelas frestas-ranhuras-covas, não admite lentidão, em qualquer buraco uma vida está germinando. Não adianta, nem as flores mais ordinárias vingariam. Além disso, flores não prestam para bosta nenhuma, só para enfeitar defunto que nem cheiro não sente. Esse terreno serve apenas como pasto para gado de baixo valor. Embora alguns homens também tenham pastado por aqui. Engordaram mais que o gado. Mas, homem não presta para o abate. Por certo se prestassem teríamos mais problema com a engorda. Não sabe fazer outra coisa a não ser lamentar as suas misérias e as das gerações seguintes. Só presta para empestear ainda mais o solo. Ah, sim! E piolhos!!!! Os homens daqui são infestados de piolhos! Se eu pudesse escolher os expulsaria dessas terras, os mandaria para bem longe, onde os olhos não fossem capazes de avistar. ¿Está vendo aquela figueira lá longe? Não está, é claro que não está, ela está longe o suficiente dos seus olhos, é disso que estou falando. Distância. Vamos, antes que seja tarde, arranje um cavalo, verifique a sela, o cabresto, as esporas e vá embora logo daqui. Não se demore demais! A gente se acostuma com o que é ruim. ¿Será que nunca escutou isso? ¿Conhece a história do sapo? Você mergulha o sapo na água fria, aos poucos vai esquentando a água e o sapo nem perceberá a diferença, até que de repente, morre queimado sem tentar escapar do seu destino. Se eu pudesse! Ai, meu Deus, se eu pudesse! Mas, parece que Deus não dá asas à cobra, eu escorraçaria todos daqui. No entanto, não passo de um pobre diabo e divido o mesmo pasto com esses animais que insistem em se locomover com duas patas, como se isso fosse o suficiente para os eximir da desgraça. ¿Mas, quem sou eu para ficar opinando e pondo desejo meu em boca alheia? Nem mãe não tenho, tampouco conheci a surra de um pai. Por quantos anos não sonhei em poder ser açoitado por um cabra forte e ranzinza! Mas, nunca ninguém fez foi questão. Cresci enxugando lágrima de crocodilo. Nasci assim, entre um galinheiro e um chiqueiro e fui ficando. A genética não me ajudou em nada, talvez apenas nessa mania de discursar para as pedras. ¿E tem algo mais bonito do que conversar com as pedras? Elas nunca soltarão um grunhido sequer! ¿E por acaso, posso esperar mais do que isso? Sou um caboclo xucro sem eira nem beira. Não me dê ouvidos. É uma espécie de acordo tácito. Estou acostumado a falar pelos cotovelos, o povo já não estranha e eu não estranho não ser ouvido. Fique em paz. Nada mais retórico do que desejar a paz. ¿Já conheceu alguém que correndo atrás da paz a tenha de fato alcançado? Nunca ouvi nenhum relato e olha que converso com gente de tudo quanto é qualidade. ¿Você conhece alguém que esteja vendendo um burro? Preciso urgentemente de um burro de carga, não serve qualquer um, tem de ser um animal que suporte o trabalho duro. Não entendi como aquela pergunta se amarrava com o resto da conversa, mas não pensei muito no assunto, já que evidentemente eu não sabia de alguém disposto a vender um burro trabalhador. As pessoas eram previsíveis em suas estranhezas. Olhei para o meu pai, embora quilômetros e quilômetros nos separassem. Olhei para o meu pai, embora ideias e mais ideias nada razoáveis nos separassem. Meu pai balançava a cabeça como uma afirmativa aos meus pensamentos, ainda que não fosse capaz de adivinhá-los, tampouco expressaria essa vontade ao longo de sua vida. Meu pai não era de desperdiçar a vida cultivando desejos estéreis. Como todo pai era um fantasma encarnado. Aprendi um pouco com ele, não muito. Era um homem de sentimentos embotados. Não usava desodorantes. Não mijava em urinóis. Dia sim dia não dava bom dia. Sorrir demais estraga os dentes, ele repetia de vez em quando. Talvez tivesse razão. Dar conta de si já era uma grande tarefa e lhe bastava. Mãe calava e apontava o indicador. Da sua língua comprida em riste se fez a ausência do meu verbo. Me ensinou a gramática da escassez. Se não me cuspisse constantemente xingamentos à boca, talvez tivesse morrido cedo à mingua. Da sua vértebra curvada se fez meu andar altivo. Se silencio ainda escuto os trotes, ainda escuto seus cascos roçando o pé do meu ventre. Ainda vejo o sol nascendo entre suas coxas. Ainda escuto a tesoura podando os meus galhos.

Ainda vejo a sela criando calo no meu dorso. Ainda vejo o rio desembocando na sua bexiga. Os dentes afiados mastigando meu juízo. Os olhos miúdos me culpando por ter rompido a casca, por ter comungado do seu sangue e depois ter me feito homem de respeito e ter desaparecido como sombra de animal insignificante. Tinha certo apreço pelos bichos que deixavam rastros na terra. Os animais maiores me assustavam, não conseguia conceber como caminhavam sem serem jogados para fora dos seus territórios. Também me admirava que guardássemos os animais de grande porte para depois abatê-los e comê-los num jantar em família. No entanto, nunca me apartei da mesa quando eram servidos. O senso de civilidade tornou nossas caças e nossos crimes mais higiênicos. Se fosse homem teria inventado minha própria cosmologia, teria sido gerado dentro do meu próprio ventre. Sem mãe sem pai sem irmão sem parentesco para comparar os traços do rosto sem defeitos congênitos herdados de familiares geneticamente fracos. Um corpo avulso. Um corpo que caga e sente. Um homem não nasce feito, não nasce ao despencar da buceta. Nem por isso eu podia ser chamado de macaco. Eu não era um primata. Olhe bem para os meus olhos e verá que existe um homem aqui dentro. Por mais que eu escute vozes ecoando nos meus ouvidos: *Menino não é humano, ele é só o enterrador de corpos*. Isso é mentira, eu sou um homem como qualquer outro. Um homem nasce séculos depois. Eu nasci muito tempo depois da corda ter rompido do ventre de minha mãe. No entanto, não podia me suspender pela mesma corda, ela já não estava lá, estava irremediavelmente sozinho. Nenhum homem pode se gabar de viver acompanhado. Tragicamente sozinhos. ¿Quem poderia saltar da corda e afirmar que encontrou a paz? Saímos de uma escuridão e caímos em outra. Não há salvação. Se perguntassem antes de nos colocar no mundo provavelmente berraríamos e arranjaríamos um jeito de fugir. No entanto, nascemos inconscientes e quando nos damos conta do absurdo já não podemos nos salvar. Por essas e outras não poderia supor que beijaria seus pés por ter me carregado por alguns meses. Não fez nada que não tenha sido determinado pela sua biologia. Não podia me cobrar a vida inteira por isso. Se eu levasse tudo ao pé da letra você é quem deveria pedir perdão por me colocar nessa enrascada. Você já não carrega semente alguma. Não há grande serventia em um recipiente vazio. Sim, eu sei, você não para de se perguntar. ¿Como eu ousava nascer e criar sombra sobre a terra carnuda? ¿Como eu ousava nascer e destruir as plantas rasteiras por onde passava? ¿Como eu ousava me desvencilhar dos meus agindo feito dono dos meus afetos? ¿Como eu podia me alojar na sua barriga e de repente desaparecer, me apartar do seu corpo como se fosse um ser autêntico e não lhe devesse nada? ¿Como eu podia renascer no corpo de um antílope¿ Você sabia que o coração das fêmeas fica no abdômen? Mãe tinha muitas perguntas e nenhuma resposta e eu tinha muitas respostas sem perguntas. Cogitou que a maternidade lhe daria a paz que nunca teve antes. Pensou pensou pensou e virou com um graveto um besouro que se debatia com o ventre abaulado para cima e com as perninhas para o ar. Havia seriedade e responsabilidade no seu pequeno ato de amor aos seres menores. ¿Os homens também não viviam um pouco como aquele besouro? ¿Como pode achar que se multiplicar feito uma ameba poderia salvá-la do esgotamento? Mãe tinha o coração no estômago, conseguia escutar quando pousava as orelhas na sua barriga. Eu tinha orelhas de abano, ela dizia que nisso não me parecia em nada com ela, eu puxara ao lado do meu pai, não havia simetria nos da família de lá, ele pouco escutava os conselhos alheios, mas suas orelhas eram tão extensas que a direita podia estar em uma cidade e a esquerda em outra. Talvez ela se referisse a suas peculiaridades anatômicas com certo exagero. Segundo ela todas as partes feias, incluindo o siso e o apêndice, eram heranças genéticas disfuncionais do lado paterno. Pai não serve para nada. O instinto eu herdara do seu lado materno, a inteligência que servia para comer de garfo e faca herdara do outro lado. A paternidade tinha algo de frívolo, vergonhoso, muito semelhante a um apêndice. Aos pais foi dado esse sentimento vago de matilha. Os pais sabiam que tinham alguma função dentro da família, porém se tratava de algo difuso e normalmente não era cobrado. Se um pai olhasse num espelho não refletiria. Eu comparava meu pai aos fantasmas de casarões assombrados, sabemos que eles estão lá, mas nunca os vemos. Mãe era um monstro bonito, extenso. Mãe tem uma beleza exuberante, não se compara com o pai, que tem um desejo mirrado. Mãe era uma ilha, tinha muitas pernas e uma boca enorme, se abrisse demais poderia me engolir e fazer com que me acomodasse novamente em seu ventre largo. O seu quadril se assemelhava ao quarto de uma casa grande. No entanto, eu estava bem do lado de fora. Não voltaria, mesmo que ela arregaçasse as pernas na minha frente, seu corpo era agora para mim um quarto lacrado. Um monstro bonito extenso minha mãe nascera antes de Deus. É muito provável que Deus tenha se alimentado de suas tetas. Seu corpo terminava num longo rabo translúcido. ¿O que éramos antes de sermos neandertais? Eu era um figo amadurecido que já não se sustentava no pé. Ninguém impede que um fruto crescido desça da árvore que lhe deu origem. Ninguém impede que um fruto crescido se faça carne na boca de um ser faminto. Os seres desdentados arrancam o fruto à força. Não quero ser testemunha de nenhum homem morrendo à mingua. Se pudesse os alimentaria com a minha angústia, mataria tranquilamente a fome de algumas centenas. Seria mesmo possível que Eva tenha nascido de uma costela flutuante de Adão¿ Não acredito, se assim fosse as mulheres teriam uma dívida impagável com os homens.

E nunca vi nenhuma mulher lambendo seu macho com devoção. Ela cutucava o próprio umbigo e depois levava o dedo à boca. Uma hérnia se desenvolvia do lado de dentro da sua barriga. Devia ser resultado do esforço para se manter em pé. Cutucava de novo ao redor da tragédia, o caroço da hérnia continuava a crescer, enfiava o polegar entre os dentes e babava. Observava a sua saliva absorto. Eu não a reconhecia. Eu sabia que deveria olhar com ternura, contudo, não conhecia esse sentimento, apenas intuía a etimologia da palavra. Ela me devolvia o olhar com a baba branca já escorrendo pelo peito. Tinha um peito grande, farto. Não conseguia crer que um dia chupara com fervor as suas tetas. A baba continuava a escorrer, agora contornava as suas auréolas. Era um gesto desesperado, eu sei. O figo sempre fora considerado um fruto menor. Talvez procurasse a origem da desgraça. Sem se dar conta que a maternidade era a raiz da sua desventura. Sem se dar conta que a desgraça ocorria independente de qualquer filiação. Um ovo choco. Qualquer espécie está fadada ao nascimento. Esse é o castigo de todas as gerações há milênios. Ninguém tinha culpa. Estávamos aqui e não podíamos nos furtar da responsabilidade do próprio peso sobre a terra. E pesávamos pouco mais do que uma pluma. Um monstro nasce mesmo sem a permissão de seus progenitores. Ninguém pode impedir. Não percebemos, mas de tempos em tempos um monstro entra por nossa boca, atravessa a traqueia, o esôfago, o estômago, o intestino e nasce pelo nosso ânus. Uma cagada e o monstro está lá. *A poda da figueira deve ser drástica, eliminando-se praticamente toda a copa. A tesoura, bem afiada, deve ser inserida logo depois dos nós e nunca em cima deles, pois é nesse local que nasce o novo broto. No final, devem restar apenas três ou quatro nós em cada ramo.* Minha mãe sabia disso, nascera rente ao mato, crescera afeita aos bichos. Se encurvava e andava de quatro. Vira e mexe tirava uma berne enfincada na carne, sem perceber virara pouso de insetos. ¿Não éramos bichos também? Não me canso de alisar meu próprio rabo. Eu tenho um belo rabo. As moscas vivem nos rondando, esperando o momento certo para perfurar nossa pele e instalar os seus ovos. Somos bichos dotados de útero e de tédio. Mais tédio do que útero. Não é possível sobreviver sem ser aniquilado um pouco a cada dia. Um pouco a cada dia. Um pouco a cada dia. De repente percebia que o útero era uma construção anatômica que se assemelhava a um patíbulo. Muitos de nós já nascemos com a corda enrolada no pescoço, prontos para o abate. Alguns exibem ainda um sino no pescoço para diferenciá-los do resto do rebanho. Talvez fosse uma questão de tempo até ver os condenados pendurados pela traqueia. As palavras esmagadas entre a vértebra e a língua. Ofidioglossia é o segundo idioma de Deus. ¿Qual de nós tomaria partido e impediria o enforcamento? Eu não tomaria partido, no entanto, eu ajudaria o carrasco a colocar a corda em volta do pescoço do condenado. Me contentaria em perguntar: ¿Quantas voltas? ¿Nó inglês? ¿Qual monstro poderia duvidar da crueldade da própria cria? *Quem sai aos seus não degenera.* Árvore boa não dá mau fruto. O monstro nutre uma falsa esperança de sacralidade. No entanto, não podemos fechar os olhos diante do assombro. Nem posso arrancar minhas mãos e me absolver dos crimes que me sondam. Eu não fecho os olhos diante do espanto. Eu deito e me entrego passivamente, como um coelho que se joga nos dentes afiados de um leão. Eu espero o espanto me devorar. Eu mantenho as mãos distendidas para evitar que as mandíbulas apodreçam. Eu mantenho o joelho flexionado para evitar o rompimento dos tendões. Eu mantenho o pau ereto e provo que ainda posso povoar o mundo. Há um cheiro de morto quando o pavio da vela cessa. Dia e noite nos assombramos. Dia e noite nos masturbamos para enganar o desejo. Dia e noite nos esfolamos vivos para ludibriar a maldade. Dia e noite escondemos a sujeira debaixo do tapete. Dia e noite camuflamos o rosto empesteado de prantos. Dia e noite excomungamos nossos inimigos. Dia e noite imploramos afeto de seres incapazes de manifestar afeto. Somos crianças birrentas em busca de alívio. Berramos para que uma teta apareça, nos alimente e nos faça esquecer da tragédia de estarmos vivos. Dia e noite enxugamos as lágrimas dos desvalidos e eles não soletram ao menos um obrigado. ¿Podem ao menos solfejar? Eles gritam NÃO. Dia e noite espantamos um cão que cospe em frente a nossa cama. Dia e noite regurgitamos o pão que o Diabo amassou. Dia e noite lamentamos pelos amores que não vingaram. Nem nos lembramos o porquê ousamos amar descaradamente. Quanta audácia! Já sabíamos de antemão que o objeto amoroso era uma roda que nos esmagaria, tínhamos consciência que o afeto se desfaria assim que fechássemos as pernas e abríssemos as janelas. Dia e noite lançamos pragas aos nossos adversários. Dia e noite choramos pelos filhos que foram enterrados antes de amadurecer. Dia e noite eu me viro e pergunto: que fome é essa que me habita¿ Meu estômago dói e eu tenho uma fome infinita. Dia e noite eu busco pelos culpados. ¿Que ser inábil é esse que não se cansa de esperar que outro ser o habite? ¿Que ser frágil é esse que não consegue sonhar o sonho de outro homem? ¿Que ser é esse que não para de lamber a própria ferida até sangrar? ¿Por vezes você também não desconfia que a sua sombra te desacompanha? Dia e noite eu espero o inesperado chegar e matar a minha fome. ¿Chegará mesmo o dia da mesa farta? ¿Da barriga cheia? Dia e noite eu anseio por um alimento que nunca chega, a minha boca está sempre vazia. MORTE aos que negam o alimento. Dia e noite peço que outro ser tão falível quanto eu me resgate dessa tragédia. Dia e noite escuto os trotes dos cavalos inválidos. Dia e noite eu peço clemência aos cadáveres que trazem formigueiros dentro das bocas e dos ânus. Dia e noite peço perdão por eles, pois não sabem que morreram. Dia e noite eu rezo pelos fantasmas que não me levaram. Dia e noite os fantasmas velam por mim, esse ser de carne osso e pelancas. Eu estendo as mãos e delas saem galhos mortos. Dia e noite eu invento uma caligrafia nova no diário para me alegrar. Dia e noite eu clamo para que a angústia não sele a minha boca. Eu devoro o espanto. O espanto me devora. Como num mórbido jogo de espelhos. Uni duni te salame minguê um sorvete colorê o escolhido foi VOCÊ. Atravessamos paredes com a mesma desenvoltura das almas penadas. Caímos duros espantados pela mesma febre fantasmagórica. Não se finja de morto. Não é elegante esse tipo de fantasia. Não sobreviveremos à peste que dizimou o resto da nossa gente. Ressuscitamos anêmicos e sedentos procuramos pelos mesmos homens assombrados. Os homens assombrados se escondem atrás da mesma mortalha dos seus antepassados. Pela manhã, antes do café, um homem martela um prego na parede e isso não o salva da tragédia anunciada. Morremos com a mesma desenvoltura frouxa dos vivos, ostentamos do outro lado a mesma carcaça mal dormida, a mesma cara amassada, a mesma inadequação. ¿Como se encaixar numa existência manca? ¿Como sobreviver aos desmantelos da vida? ¿Como acordar todos os dias e ter coragem de arrumar a cama revirada pelos pesadelos recorrentes? ¿Como abrir os olhos e mantê-los abertos por horas ininterruptas? Morremos e depois nascemos de novo e de novo e de novo. E de novo. ¿Quem poderia nos impedir? Nenhuma repetição é ordinária, toda repetição é a tentativa de um deslumbre inédito. Um deslumbre fadado ao fracasso. Nascido para morrer. Uma cova se abre a cada passo. Continuaremos a nascer continuaremos a botar nossos ovos e continuaremos a chocá-los até vê-los eclodir em criaturas frágeis desesperadas banguelas e de olhos esbugalhados. Bichos feios famintos ferozes. Uma cova se abre a cada passo. Não nos arrependemos pelas maldades das vidas passadas. Não nos arrependemos por decepar cabeças para exterminar os piolhos. Uma cova se abre a cada passo. Não nos arrependemos de acabar com as lavouras para despistarmos a nuvem e a fome de gafanhotos. Os fins justificam os meios, mas isso não é nenhuma novidade, todos estão carecas de saber. ¿Em quem colocaríamos a culpa de todas as desgraças se nascêssemos de um ovo germinado? ¿Será que dessa forma as mães seriam finalmente absolvidas? A maldade pode ser adivinhada no gesto primeiro, no choro inaugural ou numa inocente mordida nos seios. O canibalismo começa com o filete de sangue misturado ao leite materno. Uma cova se abre a cada passo. Você não está no controle. A ruindade é ancestral, é um traço funesto de consanguinidade. Você não pode mudar isso, ainda que abrisse uma fenda no pulso e deixasse todo o sangue do corpo esvair. Uma cova se abre a cada passo. Os meus pequenos crimes ocorreram para honrar aos meus eus enterrados. Novamente nos assombramos e disputamos a presa com os animais maiores. Não nos deixaremos abater por tão pouco. Uma cova se abre a cada passo. Comparamos as nossas mandíbulas com as mandíbulas dos répteis. *Espantados por el chas-chas-chas en el agua, ¿qué hicieron los yacarés?* Eu não estava mais dentro dela, às vezes, ela se esquecia e me empurrava em direção a sua barriga com o intuito que eu nunca partisse ou que voltasse em breve. Prepotência. Uma cova se abre a cada passo. ¿Será que ela não percebia que eu não via com bons olhos o fato de ela ter me gerado? Um homem não termina de nascer quando despenca de uma cloaca. Ele nasce aos poucos. Um braço uma perna uma cabeça uma orelha um rabo um piolho. Uma cova se abre a cada passo. Não é preciso definhar tão cedo. Teremos a vida toda para ruminarmos nossas desgraças. Sente-se, espere, ainda há bastante tempo. Não abaixe a cabeça, não se esconda debaixo do travesseiro, não arranque as pragas do jardim, esse tédio findará logo, aguente apenas mais sessenta anos, quando a demência chegar, não sentirá mais nada. A demência é nossa doce herança de família. Logo suas mãos, seus pés, sua boca, seu ventre serão partes do mesmo fantasma. Mãe tentava crescer novamente, seu esforço era em vão. Não se tornaria maior, era uma fruta descarnada. A sua barriga já estava murcha, ela se esforçava, segurava a respiração e inchava como um sapo boi. Inútil, agora não passava de uma jiboia faminta se enrolando no próprio desterro. Não se conformava em voltar a ser apenas uma criatura dentro de um corpo falível. No entanto, era exatamente o que era: uma criatura dentro de um corpo falível. Não tinha mais dois corações nem dois intestinos, era responsável pelas próprias cagadas. Já não tinha a desculpa de desejos insanos por conta de estar prenha. Não teria mais as exigências atendidas. A gestação lhe dera a falsa impressão de divindade. Ficava cheia de si por criar seres a sua imagem e semelhança. Já não criava nada. Não era mais um scanner da existência. Agora se assemelhava a um burro chucro. Voltava a ser vazia, inócua. Uma cobra que perdeu a pele, pior, era apenas a pele descartada. Se perdia na própria ignorância. Vivemos e desaprendemos e cada experiência nos coloca novamente na porta do precipício. Um empurrão e... Venha, só mais um passo. Ninguém vai para o abate antes do amanhecer. Veja, o seu nome não está na lista dos condenados. ¿Quantos porcos você conhece que morreram de velhice? Provavelmente nenhum, eles nascem prontos para a morte. Você não é capaz de compreender, homens não sabem nada sobre isso. Os porcos morrem jovens, a carne ainda tenra, a maldade ainda crua. A maternidade nunca salvou ninguém. Você não seria a primeira. É até divertido imaginar que um dia acreditou nessa falácia. Você pegou o atalho errado para suportar a lonjura da existência. Me admira que tenha caído em um truque tão barato.

Se a maternidade salvasse esse dom não seria dado às mulheres, elas nunca recebem nada que não esteja ligado à desgraça. Veja! Toca esses seios, a vida se esvaiu deles há anos. Não seja idiota! ¿Será que apesar da perversidade ela era tão ingênua? ¿Será que ela não pressentiu quando o monstro apalpou pela primeira vez o seu útero criando impressões digitais? A maternidade era uma espécie de preparação para a morte. MORS TUA VITA MEA. Era morrer para fora do corpo. Era definhar dentro de uma carcaça forasteira. *A poda é uma técnica utilizada para estimular a produção das plantas e conduzir seu crescimento.* Não estava preparada para o abandono. No entanto, o abandono é um animal manso presente em todas as casas. E não adianta enxotá-lo, ele continuará lambendo seus pés. Esquecia que não era a única a ser surrupiada. Somos roubados todos os dias sem dó nem piedade. Quem tem a mandíbula mais forte fica com o naco maior de carne. Do lado de fora uma cadela sarnenta de tetas fartas alimenta a cria. ¿Afeto ou instinto, quem sabe? Talvez fome. A mãe é a fonte primeira de alimento. Desde criança ouvira que os filhos traziam alento e sossegavam apenas debaixo das asas da mãe. Precisava esculpir um afeto só para si. Antes da maternidade se sentia uma casa desocupada. Uma arquitetura falida, bonita quem sabe, mas pouco funcional. Não poderia continuar vivendo sem nunca ter experimentado o amor incondicional. Sim, lera em alguma enciclopédia barata que isso poderia existir, que éramos seres capazes de exercer o amor sem cobranças. Se ela tivesse me contado eu não poderia disfarçar minhas gargalhadas, no entanto, nesse tempo eu era apenas uma ideia na sua cabeça. Chegou a cogitar que poderia encontrar o amor abrindo as pernas para qualquer homem que a procurasse. E realmente colocou o seu plano em prática. Não foi difícil encontrar homens dispostos a tapar seus buracos. Sim, os homens aceitavam com pouca resistência a tarefa, no entanto, assim que o desejo cessava logo partiam e os buracos continuavam destapados. Depois de dormir com a cidade inteira percebeu que os homens eram pesados como sacas de arroz, apesar disso eram vazios por dentro e analfabetos quando se tratava de afeto. Não entendia o porquê eles tinham sido desenhados assim. Fechou as pernas e não deu para mais ninguém, nenhum forasteiro sequer. Alguns homens continuaram a bater na sua porta, outros dormiram por dias na sua soleira. Ela não se comoveu, já sabia que as máscaras dos homens caiam assim que deitavam em seu leito. Não encontrou o amor em lugar algum e então caiu na ideia ilusória de que poderia produzir o próprio amor, aquele que nunca conseguiu roubar de ninguém. Aquele amor que passou a vida inteira implorando e ninguém lhe ofereceu. Não precisaria de mais ninguém, finalmente seria uma mulher livre. ¿O que poderia dar errado? Eu não estava lá para tirar de dentro da sua cabeça esse plano fadado ao fracasso.

A ideia pareceu tão perfeita, moldar a afeição com os próprios desenganos, inventar o amor a partir do sangue estancado no ventre. Não dependeria de mais ninguém, daria à luz ao afeto. Se tornaria uma mulher autossuficiente. Mal se dera conta que essa palavra foi inventada por filólogos desocupados. Pensou que poderia gerar o amor, expulsá-lo pela buceta, alimentá-lo com os seios e depois exigir o amor exclusivamente para si, como um agiota que empresta dinheiro e depois quer recebê-lo em dobro. Não poderia dar errado, outras tentaram antes dela. Outras mentiram envergonhadas por terem acreditado em tamanha falácia. Fizera um péssimo negócio, fora ludibriada pela própria ganância. Esquecia que não tinha parido aves, mas algo muito mais perigoso. Quanta bobagem! Não existia alento! Não existia fuga. Se olhar bem verá que o mundo não passa de um quintal vazio. Às vezes, encontramos uma ou outra galinha ciscando nele. Elas são pequenas e fazem pouco peso sobre a terra. Não espere encontrar animais grandes e fantásticos. A vida não é um circo, querida. Mãe não fez o enxoval para o abandono. ¿Não é igualzinho ao pai? Esculpido e escarrado. ¿Que graça tem nascer com a cara de um outro? Não sabia que alguns filhos eram capazes de amputar os voos de sua genitora. Aquela velha história mentirosa do filho pródigo. Sentava de costas à janela, uma evidente negação da extensão fora do seu corpo. ¿Como podia não sentir mais o próprio calor? ¿Por que as sombras das mães são infinitas e devastam árvores e rompem as paredes e mancham a tarde e atravessam os muros destroem as cercas afugentam os cavalos e matam os rios? Nunca conhecera uma mãe que tivesse menos de sete palmos de sombra. Nunca conhecera uma mãe que não refletisse a morte no espelho. Uma cova se abre a cada passo. Quando nascia uma mãe nascia uma legião de fantasmas, eles eram desalojados de sua terra natal, perambulavam pelo mundo sem encontrar abrigo, vagavam na sombra de uma ou outra mãe. Os fantasmas perseguem as tetas encharcadas de leite, embora não sejam capazes de sugar seus seios. Colocava as mãos sobre minha cara, eu sentia um arrepio percorrendo a espinha, suas falanges eram cumpridas e frias, formava ao redor dos meus olhos uma espécie de venda artificial. Eu não era um objeto que poderia ser limpo e guardado em um dos seus armários. Não me explicara nada sobre a diáspora, aprendi num livro de geografia. O mundo é só uma placenta mais espessa e elástica, a qual não temos que atravessar, meu filho, não vale a pena se cansar, veja, suas pernas são tão fininhas! Parece mais uma saracura! Não escute essa gente venenosa. Os homens fogem e no final voltam para o mesmo buraco de onde partiram. Nós só descansamos na terra em que nascemos. Uma cova se abre a cada passo. Não dê ouvidos a esse povo mexeriqueiro. Eles não sabem de nada, só desconfiam. Venha, sossegue, sua carne foi sustentada pelo meu sangue. Venha, sente no meu colo. Uma cova se abre a cada passo. Não, não estou te cobrando nada, não é uma dívida que se pague. Uma mãe não é um simulacro, mãe é feita de carne e osso. Não tenha vergonha, os homens costumam amar com afinco suas mães. Desconfie apenas do amor escarrado de pai. Pai aprende o desafeto ainda no berço. Herança de família, o descaso é passado de pai para filho. Pai é como um ovo choco, não serve para nada. Não serve para nada, escuta bem o que digo, talvez quem sabe para trocar uma fiação ou limpar a caixa d'água, quem sabe até sirva para matar um ou outro bicho peçonhento ou fazer a engorda dos porcos. Mas, é só isso, nada além disso. Se quiser afeto ou um carinho raso no lóbulo da orelha procure sua mãe, seu pai não foi ensinado sobre esses caprichos. Mãe não precisa ser adestrada, nasce sabendo. Quando o filho despenca entre suas pernas o afeto e a sabedoria se formam sem muito alarde. Igualzinho uma cadela que come a placenta sem nunca ter sido ensinada. As mães sabiam. Sim, as mães sabiam. Se aquiete, Menino. Se olhar para dentro nunca mais vai querer olhar para fora. Dentro de você dorme uma cidade inteira. Não há fuga para além do seu corpo, somos escravos da nossa carne até o tempo do caixão se embrenhar pela terra. Não faça tanto barulho, quando menos esperar tudo será circundado pelo Não. Você não passará de uma ideia vaga. Chega desse escarcéu. Não é hora de birra! Não é preciso percorrer mundo por conta dos mistérios, eles estão por toda parte e sem mais nem menos os desvendamos. Não há nada depois dessa estrada, se arredar o pé daqui só vai encontrar tristeza e solidão. Sim, vai encontrar muita gente igual com máscara diferente. Vai ficar confuso achando que a paisagem é deslumbrante, ilusão, é apenas a disposição das árvores, só um truque dessa vida encardida para te ludibriar. E a neve nem se fala, é bem mais bonita através das fotos. Não vale gastar a sola do sapato atrás de uma falsa brancura. Antes, olhe o limoeiro em frente a sua casa, ele está em flor. Se não for tonto saberá esperar alguns dias e ver a flor se transformar em fruto. ¿Existe sabedoria maior que essa? A vida é isso mesmo, não adianta querer cutucar o mundo, o alimento é o mesmo, apenas o prato é diferente. Os cavalos comem sempre do mesmo pasto e não se entediam. Os homens têm uma alimentação farta e estão o tempo todo se lamentando da miséria. Não tente se fartar em pasto alheio. Olhe bem para os cavalos, estão todos bem. Repare como todos têm o pelo brilhante e as crinas trançadas. Nenhum deles precisa atravessar a cerca. Nenhum jamais pensou em ir embora. Não há motivo para pensarem nisso, nesse alqueire tem tudo que eles precisam. Não passa uma lasca de pensamento em suas cabeças alongadas. Ruminam, isso sim, passam a vida toda ruminando. Não caminhe além do seu quintal. A maioria dos exploradores não conhecem o próprio sítio de sua infância. Os cães mais gordos são os que ficam encoleirados.

E veja que beleza aquele vira-lata malhado, nunca verá nada mais bonito. Olhe como seus pés estão encardidos, já andou demais. Sossegue agora. Animal sem pouso morre cedo. Daqui a pouco começa o temporal, escuta escuta os trovões se aproximam. Depois da tempestade provavelmente não pensará mais sobre essas ideias de abandono. Um homem que conhece muitas terras não teve tempo para conhecer a si mesmo. Parado você descobrirá muito mais do que imagina sobre a humanidade e sobre o humano. Mas, nada impede que também investigue sobre os afetos dos macacos. *A figueira é uma das árvores que mais responde à poda, com uma grande brotação.* Miocárdio, também aprendera essa palavra e não conseguia parar de soletrar mi-o-cár-dio mi-o-cár-dio mi-o--cár-dio mi-o-cár-dio mi-o-cár-dio. Ventrículo direito ventrículo esquerdo veia cava aorta. ¿Eu era filho da mesma fome? Porque meu estômago estava nas costas. Minha fome é tão insaciável quanto a dos animais carnívoros. Aqueles que vivem na emboscada esperando o vacilo de suas presas. Por acaso todos os mamíferos amam da mesma forma¿ Não pode ser. Não tinha aprendido no ventre sobre esse sentimento. Não havia em mim a genética do abraço. ¿Por que eu amava de uma forma frouxa, como se tivesse sido chocado e não parido? Não era como os meus irmãos de sangue, nascera com um membro amputado. Não via muita diferença entre afeto e fragilidade, na minha opinião não passavam de olhos arregalados do mesmo facínora. Não via nada em comum entre mim e meus parentes. Desconfiava dos animais de estimação. Não amava as galinhas que ciscavam no quintal e depois eram devoradas. Não amava as árvores que não davam frutos. Não amava meus irmãos. Não amava os meus progenitores. Tinha pena deles, porque eles confiavam que o sangue era uma promessa de afeição. Não percebiam que o sangue corria igual na maioria dos animais. Não era garantia de nada. Um soco, um tiro, um tombo e se esvaía todo pelo chão. Não amava os meus filhos, mesmo que um dia fosse capaz de escarrá-los como meu pai me escarrou no útero de minha mãe. Minha mãe apenas abriu as pernas e esperou que eu me desenvolvesse naquele pedaço infeliz do seu corpo. Uma coluna vertebral um cérebro duas pernas dois braços e uma vontade vaga. ¿Como um desejo passageiro de foder poderia ditar meu afeto? Uma escarrada não poderia ser capaz de fazer a cara do meu filho semelhante a minha. As paisagens de dentro eram foscas, enxergava cor quando caminhava fora do quadrilátero que me fora destinado. Não se cria um búfalo confinado em dois metros quadrados. Não fora feito para caber em caixas de sapato, meu corpo se ramificava como um tubérculo, eu não parava de me esparramar. Não fazia sentido me espremer para agradar aos meus, eles precisavam entender a minha grandeza. É muito fácil ser medíocre, as pessoas gostam de estender a mão, imaginam assim que se redimem de seus pensamentos criminosos. No entanto, nunca peça a um homem para amar um ser grandioso, eles não saberiam. Mais fácil seria escorraçar os seres grandiosos. Mãe não conseguia compreender minha deformidade congênita, não aceitava que a minha mente era dada a espetáculos puramente abstratos. Ela exigia que eu me locomovesse tão somente ao redor da sua casa. Embora tenha sido, como muitos, gerado dentro da casca, tornei-me um ser avulso. Não havia ninho para abrigar a minha desgraça. Qualquer lugar que eu estivesse era o lugar errado. Vagava entre o tédio e a inadequação. Uma angústia devorava pouco a pouco o meu estômago. Um bicho de território devastado. Um homem sem sombra de dúvida. ¿O que um animal sem orelhas poderia escutar atrás das portas? Não entendia a linguagem cifrada dos homens. Não sou um homem, disso tenho certeza. Sou uma espécie aperfeiçoada de primata. Não sou um homem sem sombra de dúvida. Não acredito que os seres costumam encontrar alento em seus pares. Nunca encontrei sossego quando corri atrás de criaturas semelhantes a mim. Eles só me trouxeram ovos de monstros prestes a eclodir. Eu não saberia dizer de onde saltaria a minha salvação. Nenhuma espécie parecia ser apropriada para me anestesiar. Eu não era capaz de parir meu próprio livramento. Talvez a redenção simplesmente não exista. Talvez essa inadequação me acompanhe até o caixão. Me falam de autossuficiência, essa palavra me revira as tripas. Tenho ódio dos seres que se consideram uma versão aperfeiçoada de si mesmos. Detesto essas criaturas que se sentem confortáveis sabendo que estão fadadas ao ostracismo. Tenho horror ao homem que se sente aconchegado no próprio corpo como se fosse uma galinha emancipada. ¿Por acaso algum animal pode sobreviver sem espelho? Esperamos o gestual de outro da nossa espécie, então, imitamos como macacos adestrados e fingimos viver de forma originalíssima. Rimos das mesmas piadas e choramos pelas mesmas tragédias. Ainda assim nos damos ao luxo de nos sentirmos um ponto fora da curva. Sinto uma mão apertando forte o meu pomo de Adão. *A melhor época para realizar a poda é no inverno, quando a árvore está em repouso, com o crescimento vegetativo paralisado.* ¿Você já viu um rato perdendo a vida ao tentar devorar o queijo da armadilha? Ela parecia um rato prestes a perder. Acuada. Porém, o seu declínio não me provocava pena, um incômodo talvez. Eu não a considerava melhor do que os outros, não me exijam que a venere apenas porque me pariu. A tragédia visitava pouco a pouco todos os seres, era preciso se habituar. Era só respirar fundo e esperar pacientemente o desastre. Eu já tinha presenciado quase todos os desastres, assim mesmo esperava. Não havia outra tarefa a desempenhar. A língua é um móvel perigoso que não cabe na boca. Ela vive salivando na porta alheia. Se fosse você a usaria com parcimônia. Não me peça para permanecer incrustado no seu corpo. Teu corpo já não me cabe. Eu parto.

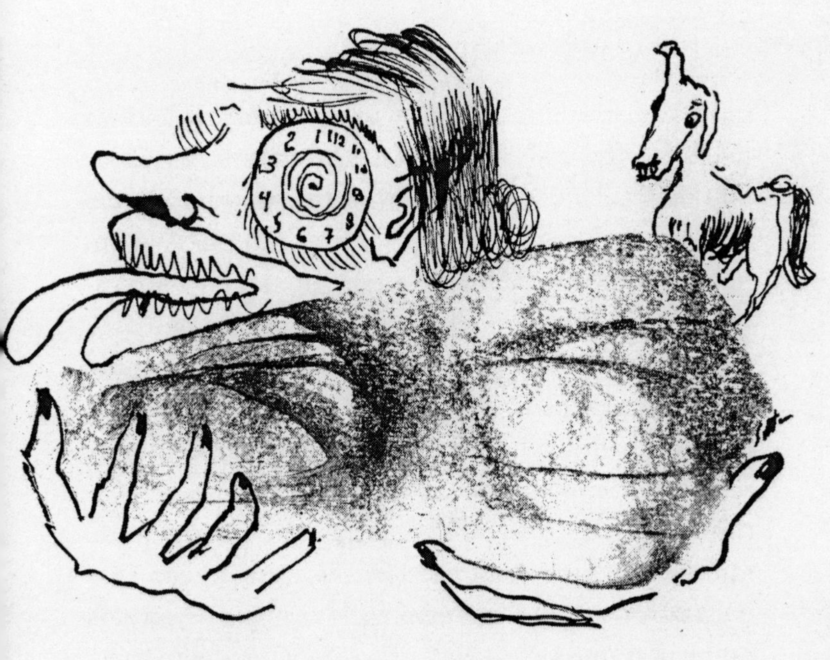

LIVRO I

ANATOMIA DOS MORTOS

Um cômodo, dois cômodos, três cômodos, a casa não pararia o seu crescimento, quanto mais eu me movimentava, maior ela se tornava. Não podia evitar. Já me era um trabalho engenhoso flexionar os joelhos. Tudo estava fora do meu controle, a arquitetura tinha vontade própria. A casa se tornara um monstro que ia se espreguiçando aos poucos e ocupando mais e mais espaço. O jardim tomava conta das habitações próximas, a vizinhança se tornou um grande matagal. Os vizinhos foram sugados pelos encanamentos das casas. De qualquer forma não me fizeram falta, mal conhecia suas fisionomias. Meu lar não podia mais ser mapeado. O trabalho para manter a casa limpa era completamente inútil. Quanto mais eu limpava mais a sujeira se acumulava nos espaços não habitados. Eu não tinha sequer tempo para instalar os ferrolhos nas portas que iam se criando. Não era mais necessário conferir o hidrômetro ou a caixa de luz. Nenhum agrimensor conseguiria precisar com exatidão a sua metragem. As cortinas ficaram minúsculas perto das janelas que dobraram de tamanho. Os móveis pareciam roupas minúsculas num corpo gordo. Ninguém mais visitaria os cavalos ou faria tranças em suas crinas. Ninguém mais faria vigília para evitar a invasão das raposas. Ninguém usaria o esterco dos cavalos para adubar os limoeiros. Não escutava mais os relinchos durante a madrugada. Não sentia mais o cheiro da bosta apodrecendo no estábulo. As moscas continuavam rondando o corpo do cavalo morto. Uma pata duas patas três patas quatro patas. Elas estavam lá como antes, a morte não as engoliu, porém elas não mais se mexiam. As patas não continham mais os trotes, agora estavam inertes como duas caçarolas sem uso ou como um relógio de corda que para de bater no meio da noite. A morte sempre deixava seus restos, os vivos tinham que aprender a lidar com isso. Bastava uma cova um pouco funda. Sim, bastava uma cova um pouco funda. Não pense muito, não queime os miolos por mixaria, é só mais um animal morto, agradeça e faça o sinal da cruz por não ter sido a sua vez. Você pode ser o próximo. Um animal morto valia pouco, valia quase nada. Não pode chorar tantos dias por causa de um burro chucro. Uma hora você chega lá. Além disso, era um cavalo preguiçoso, conhecia apenas os arredores do próprio rabo. O cavalo estava morto, mas as rédeas continuavam intactas. Seus olhos grandes e negros continuavam me fitando e se eu olhasse de volta eu me via inteiro dentro do cavalo morto, o que me fazia um tanto defunto também. A morte vai comendo tudo ao redor, como um jardineiro que começa a aparar a grama antes de fazer as podas das árvores mais frondosas. Acabou-se o trote o suor escorrendo nas ancas o coração acelerado o bater dos cascos o galope ansioso a poeira atrás do corpo vivo. Acabaram as cópulas dentro do estábulo. A essa hora os últimos espermatozoides agonizavam dentro do saco escrotal do cavalo-defunto. Ninguém mais lembraria da sua antiga virilidade. Eu era um homem sem sombra   de dúvida. Sem sombra   de dúvida eu era um homem. Não tinha recursos para provar, porém não tinha motivos para duvidar. Como todo homem desprezava a fala extensa das mulheres. Como todo homem gostava de enfiar meus dedos pelos buracos das mulheres, apenas para mostrar o quanto elas eram ocas por dentro. Gostava de observar suas caras de gozo quando meus dedos se mexiam dentro delas. Enchiam a boca para falar que detestavam os homens, no entanto, bastava escarafunchar o meio de suas pernas e ficavam mansas como bichos capturados. Assim mesmo algumas criaturas me olhavam de esguelha. Talvez fosse por causa do hirsutismo, de uma hora para outra meu rosto fora coberto de pelos. EU não era o cavalo nem era o burro, embora minhas orelhas fossem um pouco espaçosas. Não era nem as rédeas nem a sela nem o galope morto moribundo. Não era nem o discurso nem a língua sombreada nem a baba branca do epilético. Não era a carta derradeira do suicida nem a corda que fora testemunha da sua tragédia íntima. Não era a sede nem era a água depositada no fundo do pote. Não era o terno de domingo nem a sua roupa costumeira. Não era o feno que descia pela sua garganta e entalava na sua traqueia. EU era um homem sem sombra   de dúvida. Não daria trela aos que me interrogassem sobre esse evento evidente. Se houvesse um espelho a minha frente ele provaria que eu não era um, mas dois homens, um a frente outro logo atrás. No entanto, à medida que a casa foi se alargando os espelhos se estilhaçaram, agora teriam de acreditar no que os seus olhos eram capazes de enxergar. EU não era o cavalo nem os seus pensamentos abstratos não era suas patas nem o silêncio de suas catástrofes. Não era o seu sonho de pasto verde. Não era os seus tendões nem a angústia disfarçada sob a pele. Não era o humano em carne viva tampouco era a sua imagem fantasmagórica. Não era a roxidão das suas vísceras nem a ordenação do seu intestino. Não era a mosca tampouco era a pele sob a qual habitava o seu pouso. Não era o louco nem residia em seu inferno. Não era a lâmpada quente sobre o corpo morto. Tampouco era o sangue coagulado debaixo do cadáver. Nem o algodão que tapava suas narinas. Não era a vela queimando sobre o candelabro nem o cristo desmaiado sobre o crucifixo. Não era a injúria dos descrentes, também não era a fé dos parricidas. Não era a grama plantada em cima do seu túmulo. Tampouco era o jardineiro que aparecia de quinze em quinze dias. Nem era o adubo depositado na cova. Nem era a mãe órfão chorando aos cântaros. Também não era o macaco pendurado na árvore frondosa em frente a sua matéria morta. EU era o que estava ao lado, fazendo sombra nas coisas inanimadas. Via as coisas desmaiadas e duplicadas e ainda assim as respeitava como sendo únicas. Ainda que não reconhecessem, eu era um homem sem sombra de dúvida. E isso não era capaz de me livrar do espanto. Um homem sem um discurso pronto pode facilmente ser confundido com um bicho. O homem é obrigado a viver afogado em palavras. Eu não tinha nada a dizer. Só abriria a boca para molhar os lábios de tempos em tempos ou levantaria os braços para espantar as moscas ao redor. Apesar de calado mantive um semblante simpático. Se você for um bicho será perdoado por ser um bicho, mas se for um homem nunca haverá perdão para você. Um homem tem de provar a vida inteira que é um homem e isso não o torna mais habitável, apenas o desqualifica para a tarefa de pertencer a algum território. Não sendo de lugar nenhum toda terra é estrangeira. Os homens podem nascer e viver em bandos, no entanto, estão irremediavelmente sozinhos. Ninguém moverá uma palha para ajudá-lo. Não caia na ilusão de que outro homem cavará a sua cova! Você tem cavado o buraco dia após dia. Dia após dia. Incansavelmente você enfia a pá no solo rochoso. Atento o ouvido na parede, já não posso escutar a respiração ofegante de minha mãe, suas tetas já não invadem minha cara. Já não sinto sua pele quente. Eu não sou mais uma extensão ou acessório do seu corpo. Eu sou uma matéria movente. Não dependo mais dela. Posso respirar longe do seu corpo, seu corpo não é a minha casa. SEU CORPO NÃO É A MINHA CASA. Fora desalojado. Os matos ainda crescem em torno de mim. Repito em alto e bom som: SEU CORPO NÃO É A MINHA CASA. Os matos ainda crescem em torno de mim. No entanto, posso ouvir os seus soluços. ¿Até os crocodilos costumam chorar, não é isso o que dizem? ¿Lágrimas de crocodilo? Sim, minha mãe chorava lágrimas de crocodilo. Não se parte em dois para evitar a solidão, cada um que aprenda a lidar com os seus infortúnios, cada um que mate seus próprios demônios. Eu convivo muito bem com os meus, às vezes, os utilizo para as tarefas domésticas. Outras vezes utilizo um cão de pequeno porte. *A figueira se desenvolve bem em locais de clima temperado, mas não suporta geadas.* Não me importo com a infelicidade alheia. Ninguém me ofereceu um naco de pão quando estava faminto. ¿Quantos olhos te olham quando você tropeça? Eu me responsabilizava apenas pelo café que estava no fundo da minha xícara e nada mais. Não nasci para agradar ninguém. Não estava a fim de fazer concessões. Quando estamos presos numa jaula com um leão não nos admiramos pela possibilidade de sermos devorados. Não voltaria. Um filho precisa de uma cartografia maior do que a carne de sua mãe. E uma mãe não pode cobrar a vida inteira por alojar o filho em seu útero por alguns meses. Invejo a solidão da ave que nasce distante da cloaca de sua progenitora. Da cria que não sente a saliva pegajosa da mãe passeando pelas dobras do seu corpo nu. A consanguinidade não amarraria os meus pés, tampouco selaria a minha língua dentro da boca. Não impediria que os meus pés atolassem em outros lamaçais. Não existe egoísmo maior do que amor esparramado. Cavalo dado não se olha os dentes. O amor exige a castração do objeto amado. Deus me livre desse tipo de insanidade. As suas tetas ainda pingam leite. Vejo as manchas no seu avental. *Precisa eliminar os ramos do passado que já estão secos.* Não se pode ter um animal dentro da barriga infinitamente. ¿Ninguém a alertara? Uma hora o diabo exige sua cria. Urrava. Urrava de novo. ¿De quais genes ela fez o seu desastre? Decerto já esquecera da culpa imperdoável da mãe que a desterrara. ¿Qual buceta se abriu e a derramou? Não nascera da buceta de Deus, isso era certo, não passaria por uma fresta tão estreita e escura. Mais fácil ter sido cuspida pela boca larga de uma chimpanzé. Fixava nos seus olhos e via apenas uma grande carcaça. O seu corpo era uma carroça extensa guiada por bois cegos. Não reconhecia aquela monstruosidade como antiga morada. Eu fora arquitetado no ventre da rocha. Não queria passar meses pensando em cosmologias que não me levariam a nada. Eu não esperaria anos e anos sentado para recolher seus ossos. *As principais pragas que atacam a figueira são: broca dos ponteiros, coleobrocas e broca da seca da figueira. Quanto às doenças, pode-se citar: nematóides, ferrugem, antracnose, podridão dos frutos maduros, secas dos ramos, bacteriose e mancha de cercospora.* Não juntaria seus ossos, isso estava fora de questão. Se eu fosse um cão talvez esperasse para roer o tutano das suas costelas, eu não era. Eu era o tipo de animal inofensivo, porém orgulhoso. O tipo de animal que se orgulhava de ter um pau entre as pernas, mesmo que não o usasse frequentemente ou o usasse de forma irresponsável. Não tinha o hábito funesto de lamber as mãos dos meus dessemelhantes. Nem cravaria os dentes nas canelas dos meus inimigos. Não latiria para assustar os fantasmas que perambulam pela noite. Não ajudaria. Seu esposo que cuidasse dos seus restos. ¿Não foi para isso que inventaram a instituição matrimonial?

¿Para que mais seria? Nada mais mórbido do que compartilhar com um semelhante o tédio e a falência dos dias. Não devia nada a ela, nove meses de abrigo não lhe dava o direito ao amor vitalício. Quando se devora um figo maduro também se engole a ideia da semente também se morde o fruto ainda verde vertendo leite que amarra a boca. Não se come um fruto pelo miolo, se come um fruto pelas beiradas, ainda que bichado um fruto continua sendo devorado. A vida não começa nem termina no abismo, mas há abismos por toda a vida, precisamos aprender a desviar. Não cairia no truque baixo do afeto familiar genuíno. Acendi um cigarro. Parei de fumar faz alguns dias, no entanto, só me lembrei disso depois da terceira tragada. Não voltaria, precisavam dos meus serviços. Um homem de guerra não tem família, é um desterrado. Um homem afeito a sua família jamais será capaz de salvar uma cidade, o amor te arranca as pernas. Não voltaria. Meu pai era como o pai de todos, compreendia que os filhos eram livres como as manadas e tinham asas como as galinhas, uma hora ou outra ciscariam fora da cerca e seriam abatidos. Não havia dúvida. Não havia choro. Não havia velório. Era o destino e com o destino não se discute. Por trás do muro, um pouco depois do quintal, existem perigos iminentes, um cão farejando outro cão, um urubu esperando a refeição diária, uma cobra pronta para o bote, uma besta procurando o alvo. A natureza se autorregulava pela fome. Eu também era um ser faminto. Minha emoção passava pela boca pela língua pelo estômago pelo intestino pelo cu. A do meu pai também, assim imagino. Não havia na cabeça do meu pai um pensamento mais elaborado sobre esses fatos. Desconfio que os pais sejam naturalmente amputados de afeto. O meu era. As mãos eram grandes, mas feitas exclusivamente para o trabalho, era igual a uma pedra de limar facas. O perigo se estendia em qualquer menção de afago, rápido recolhia os dedos para dentro das palmas. O animal mineral. Apelidaram o meu pai de duas caras. O motivo era bem óbvio. Ainda jovem sofreu de uma estranha paralisia, assim, tinha um rosto alegre e um rosto triste, usava ambos ao mesmo tempo, sem distinção das emoções. Eu também queria ter duas caras, assim bastava eu ficar de perfil dependendo da situação. Estava farto de ficar trocando as máscaras, era cansativo e ainda passível de erro. O bom é que no povoado não havia motivos para ficar trocando as feições, ali era tristeza o tempo inteiro, sorrir era extremamente ofensivo, sinal de mau agouro. Mais fácil assim. Antes da minha chegada os corpos eram amontoados no armazém, alguns passavam noites e noites dormindo com os mortos, ninguém queria recolher os cadáveres. E os mortos não aprenderam a cavar a própria cova. Em pouco tempo teriam de ser enterrados em trincheiras. A família não se reuniria em torno do caixão e nem levantaria as seis alças. Não teriam o privilégio de verem outros homens derrubando lágrimas em seus defuntos. Não haveria despedidas. As mães os pais os irmãos as irmãs ninguém legitimaria a dor do outro cada qual sofreria por si trancado em seus cubículos. A guerra chega vestida em muitos disfarces. Os mortos estavam angustiados a minha espreita. Pisei a terra dos infectados e pude ver seus olhos moribundos e arregalados de terror. ¿Quantos mortos eu deveria acompanhar antes de ser capaz de preparar meu próprio enterro? Ninguém se acostuma com naturalidade a comer capim pela raiz. A produção de caixões era insuficiente. Muitos pensam que é simples como fabricar caixas de tomate. Antes fosse. Acreditam que não necessita de nenhuma arte de carpintaria, que qualquer idiota é capaz de fazer. Todos estão redondamente enganados. Não tínhamos mais empregados para o cargo. HÁ VAGAS. As placas anunciando o ofício estavam empoeiradas, não aparecia uma vivalma. Os poucos vivos queriam poupar energia. Não era um emprego atraente, ninguém crescia sonhando em ser operário numa firma vagabunda de caixões. ¿Além disso, quem estava disposto a doar as últimas horas trabalhando ao inimigo? Éramos uma cidade de velhos imprestáveis. Antes do surto passavam as tardes jogando baralho e dominó pelas praças. A única preocupação dessas pessoas era se a chuva chegaria antes ou depois da cinco da tarde. De repente, desapareceram. A fábrica não estava preparada para a tragédia. Ninguém estava. Foram todos pegos com as calças curtas. Agora víamos por todos os lados homens mascarados, como se isso fosse suficiente para enganar o diabo. Não adiantava ficar choramingando pelos cantos. A disseminação do vírus produzia mais mortos do que vivos. Os velhos viviam reclamando da miséria, mas quando souberam que estavam com os dias contados passaram a fazer promessas e novenas. Algum Deus mexeu os pauzinhos lá em cima, exigia de volta todos os nascimentos que derramou sobre aquele país de indigentes. O jeito era acomodar mais de um defunto no mesmo caixão, era preciso economizar cova. Até mesmo inimigos mortais foram abraçados para o além. Esposas e putas dividiram o mesmo pedaço de madeira. A cidade parecia um cemitério. Os poucos vivos permaneciam confinados em suas casas, não abriam nem para carteiros nem para agentes de saúde. As campainhas foram arrancadas, as janelas lacradas. Os homens de branco eram recebidos a pedradas. Os vendedores de rua se escafederam. Os vira-latas foram abandonados, ninguém queria dividir os ossos. Eu não ousava bater na casa de nenhum vizinho, nunca fui bem quisto, agora então com certeza as coisas se agravariam. Estávamos cercados por monstros invisíveis. Aqui, neste pequeno inferno, ninguém mais se preocupava com os fantasmas. No entanto, os fantasmas são perigosos porque não podem ser vistos e os homens pelo motivo contrário. Aos poucos, os amantes deixarem de se encontrar, em alguns anos a população de recém-nascidos chegaria a zero. Os bêbados se embriagavam trancados em suas casas. Apenas as funerárias mantinham suas atividades, embora quase nada ganhassem com isso. Poucos acreditavam na providência divina. Amanhã a Deus pertence. Difícil crer que alguém ainda olhasse por nós. Comidas eram estocadas por meses. Quem não estava morto estava moribundo. Alguns poucos ainda se atreviam a sair pelas ruas, normalmente não voltavam, eram enterrados antes disso. Dizem que o enterro é algo tipicamente humano, basicamente é o que difere os homens dos outros animais. Não sei se é verdade, pouco importa, pensar não traz os homens de volta. Desde que atravessamos o Estreito de Bering as coisas não param de acontecer, em velocidades maiores ou menores. Quanto a mim, não passava de um homem, um homem sem sombra de dúvida. Não posso dizer que lamento a má sorte dos desgraçados. Lamentar não faz parte das minhas tarefas. Eu estava com olheiras profundas, não aguentava mais participar de tantos velórios. Eu fora o escolhido. Entre tantos eu fora o nomeado. Era preciso levantar as mãos aos céus e agradecer por isso. Eu preparava os mortos para que se assemelhassem aos vivos. Mesmo não acreditando na seriedade dos vivos. Eu preparava os mortos para que se assemelhassem aos vivos. Mesmo não acreditando na inocência dos vivos. Eu carregava seus corpos. Eu verificava se o coração não voltaria a bater de repente. Eu abria seus olhos para que se arrependessem dos pecados.

Eu os ensinava a Salve Rainha. Eu flexionava os seus joelhos mortos sobre a terra batida. Eu cruzava os seus dedos sobre o ventre. Eu os ajudava a xingar suas mães, já que os pariram nessa pátria de excomungados. Eu os ajudava a amaldiçoar as suas esposas, por não serem capazes de impedir a entrada da doença em suas carnes. O parente mais próximo das mulheres é o demônio, de uma ou de outra forma elas eram culpadas de todas as desgraças que se abatiam sobre a terra. O primeiro de seus erros era gerar filhos a sua imagem e semelhança. Dessa infâmia minha mãe estava absolvida, não me parecia em nada com ela, eu era um fruto que fora cuspido longe da árvore. Figueira brava. Ela costumava me olhar e ver a carcaça do meu pai. ¿Todo filho não era necessariamente a carcaça do seu pai? ¿Todo filho não tinha a função de bem ou mal viver a desgraça do seu genitor? ¿Herdar do pai o fardo de respirar? Meus pulmões estavam cheios. Seu pai era um colosso. Acho que mentia. Meu pai não estava presente. Nunca se materializou, conheço seu corpo-cadáver de outras bocas. Talvez eu tenha habitado o seu corpo, havia indícios vagos que os seres adormeciam no saco escrotal do pai por alguns séculos antes de germinar. Eu não devia nada a meu pai, nem o culparia por seus genes de qualidade duvidosa. Isso não importa mais, agora meu trabalho era outro. Eu ensinava os cadáveres a culpar Deus pelos seus infortúnios. Eu reivindicava um lugar no jazigo da família. As famílias mais abastadas tinham jazigos sobrando, já os miseráveis depois de muita briga conseguiam um lugar no canteiro dos desvalidos. Eu rezava o rosário repetidas vezes para afugentar as suas almas da danação eterna. Eu derramava a bênção sobre eles. Eu colocava o escapulário ao redor dos seus pescoços. Não era santo, mas conhecia os rituais da santidade. Eu vendia uma fé que não possuía. Eu beijava suas faces imundas. Nenhum homem que pisou esta terra é inocente, já nasceu com a marca do diabo nas esporas. Eu tirava as suas roupas, pendurava os seus ternos vagabundos. Algumas vezes encontrava confidências dentro de seus bolsos, um encontro com a amante ou a morte de um credor. Outras vezes não encontrava nada, era como se nunca tivessem existido. Depois de alguns meses seria como se nunca tivessem pisado o pé nesta terra. Eu os deixava como vieram ao mundo, pelados, sujos e entediados. Eu retirava as ínguas que insistiam em nascer em seus corpos falidos. Eu os alimentava com ervas e parafinas. Eu sussurrava segredos inconfessáveis nos seus ouvidos surdos. Eu colocava sal debaixo de suas línguas. Eu media a dimensão dos seus globos oculares. Eu tirava os chumaços de algodão das suas narinas. Eu inflava os seus pulmões e eles fingiam que ainda suspiravam. Eu os banhava com capricho. Passava a mão cuidadosamente por cada dobra. Passava a mão demoradamente por cada buraco. Os homens são criaturas esburacadas. Os gestos fúnebres me mantinham respirando. Engolia a seco quando olhava seus corpos devastados. Meus pulmões arfavam e eu expirava com o pudor de quem se desculpava por ainda manter os dois pés e o pau eretos sobre o chão. Quem era capaz de se excitar numa situação dessas¿ Quem era capaz de esboçar um sorriso enquanto a tragédia visitava todas as casas¿ Deitava-me no assoalho e fazia algumas flexões. A masturbação era uma técnica proibida e pouco usada. Um bíceps, dois bíceps... os macacos choram¿ De repente essa pergunta invadiu meu cérebro. Olhava o cão e ele também respirava, ainda que não de forma tão elegante. Eu gosto dos cães, eles têm uma submissão que não aprendi. Eles eram meus irmãos, todos eles eram meus irmãos. Os homens e os cães. Não me lembro se nos alimentamos do mesmo líquido transparente na gestação, ainda assim éramos irmãos. Os irmãos se confundem uns com os outros e era assim com todos ali. Tínhamos a mesma cara coberta das mesmas sardas, como um punhado de terra que não se distingue de outro punhado de terra, como um bando sem graça de pardais, como o sangue derramado de uma galinha degolada não se distingue do sangue derramado de outra galinha degolada, como dois pessegueiros miúdos nutridos do mesmo sol, as caras enfezadas enterradas nas mesmas tetas, a força dos músculos dissimulada em carcaças semelhantes. ¿Como distinguir cães de pelagens iguais numa ninhada? Em geral pagávamos os pecados que foram cometidos pelos nossos irmãos e eles pagavam pelos nossos. Se não me engano, os meninos e os cães sonham o mesmo sonho e nele tem um seio de mulher e um pedaço de carne. Eu frequentemente sonhava que minha mãe era uma cadela com várias tetas e eu um recém-nascido tendo de disputar suas tetas com outros cães. Acordava suando frio e com a barriga roncando de fome. Meus irmãos eram insones. Minha mãe cantava cantigas de ninar para que dormissem. Não dormiam nunca. Vigilantes como corujas. Já não é mais necessário, todos dormem agora um sono profundo. Os mortos inevitavelmente me fazem recordar os vivos. Era minha tarefa e eu fazia com certo prazer. Lavava os órgãos genitais com paciência e zelo, como se os acarinhasse, enfiava a mão devagar por cada prega. Homens e mulheres. Não reclamavam, se entregavam inertes ao afeto. Eu fazia o inventário das coisas inúteis. Eu recebia o choro parco dos poucos parentes. Se eu tivesse a embriaguez dos inválidos eu também derramaria algumas lágrimas por eles. Se eu tivesse a esperança dos crentes eu também derramaria algumas lágrimas sobre eles. Eu não tinha. Eu era oco por dentro, se gritasse dentro de mim com certeza poderia ouvir o eco. Eu era um homem sem sombra   de dúvida. Eu não nascera com a marca da besta, mas nascera com a marca dos porcos que são salvos do abate. Eu povoava o pensamento das criaturas como erva daninha. Eu crescera com uma estaca enfiada no rabo. Não convinha confiar em alguém com a fala embolada, minha língua fazia acrobacias dentro do palato, um solo úmido e desgraçado. Ninguém morre antes de passar pela miséria da boca. Havia certa arrogância nata no meu rosto e no meu tórax. Uma pretensão por ser constituído de uma matéria diferente. Uma felicidade de pertencer a uma raça de cavalos puro sangue. Um olho gordo de quem consegue romper a cerca e escapar. Uma confiança cega de quem engoliu o próprio irmão dentro do ventre. Uma presunção de quem corre mais rápido e deixa para trás os imbecis. Quando tocava a mão no peito o batuque era inconfundível. ¿Quando ar é necessário nos pulmões para ressoar? Eu não era um deles. Eu respirava. Eu não era um deles. Eu respirava. Ainda que vocês fossem cegos poderiam adivinhar minha presença pela respiração ofegante nos seus cangotes. Nada mais nos distinguia com tanta nitidez: eu respirava. Nada diria tanto sobre mim e sobre os outros: eu respirava. Nada me isentava melhor da culpa de existir: eu respirava. Enfeitava suas cabeças. Eu respirava. Amenizava a dor de suas perdas. Porque eu respirava. Por vezes, comia algumas viúvas inconsoláveis. Sim, é verdade, algumas vezes eu era acometido pelo sentimento de piedade. Eu respirava. Enchia de ar meus pulmões. Eu respir... Mais por piedade do que desejo, embora gozasse em suas bucetas. Embora enfiasse o pau nos seus cuzinhos apertados. Não era difícil perceber que nunca tinham sentido tanto prazer. Inclinavam os traseiros pedindo que enfiasse com mais violência. Eu enfiava com força enquanto acariciava seus clitóris. Mais por piedade do que desejo, embora gozasse em seus rabos. Também as chupava para retribuir o tempo do gozo. Decerto o prazer deve ser compartilhado. Gemiam enquanto seus maridos eram sepultados. Havia alguma ordem no universo. Eu tinha vigor físico. Eu abria as covas. Eu tinha vigor físico. Eu mantinha o pau ereto. Eu enganava os vermes. Eu arrancava as plantas rasteiras. Eu fiz um lago com as próprias mãos. Eu ejaculava dentro de suas bocas para distrai-las do choro. Não é possível engolir e chorar ao mesmo tempo. Eu precipitava as águas dos rios e formava as nuvens que despencavam na hora do enterro. Eu fechava os olhos dos que insistiam em se manter vigilantes depois da morte. Eu acompanhava os fantasmas até suas casas, mesmo quando essas eram desabitadas. Antes da verborragia eu fechava suas bocas-sepulcros. Eu comprava as coroas de flores. Eu conversava com os mortos insones. Eu queimava as velas. Eu contava piadas sórdidas aos coveiros que restavam. Eles gargalhavam e por alguns minutos se esqueciam de suas sinas. Eu preparava o café dos ainda não mortos. Eu escolhia a frase que seria inscrita no túmulo. Eu regava o jardim. Eu fingia cansaço, não queria parecer demasiadamente vivo. Não era uma vantagem estar vivo em uma terra de adormecidos. Levava as mãos à boca e simulava uma tosse contida. Alguns me olhavam de forma atravessada, como se eu fosse o portador da Praga, como se as gotículas pudessem alcançá-los. No entanto, conseguia uma empatia maior me fingindo de doente do que esbanjando bem-estar. É uma ofensa aparentar saúde na frente dos enfermos. Nesse meio tempo tinha de lidar com a fúria dos assassinos que perdiam seus alvos para a doença. Alguns enlouqueceram e se automutilaram. Não era fácil viver sem sangue nas mãos. A virtude não é feita para todos. Acabamos criando uma sociedade de pacíficos à força. Não era rico, mas eu vestia todos os dias um terno preto e sapatos devidamente engraxados. Não era bonito, no entanto, nunca foi exigido beleza de um homem, isso só podia ser exigido das mulheres. Eu não tinha obrigação de apresentar uma face agradável. Conseguia impressionar, mesmo o meu corpo sendo um pouco grande demais para um homem. Talvez, o tamanho até fosse uma vantagem sobre os demais. Apesar da minha extensão eu enganaria as mulheres como qualquer outro homem fazia. Um homem existe apenas se traz em seu corpo a marca da trapaça. Tinha uma moça que visitava às quartas-feiras. Não a amava. Não era possível construir afetos em tempos de ruína. Afetos não passam de ilusões do nosso cérebro para suportar a dor da existência. O amor gera uma obrigação e eu não tinha condições de ofertar nada. Não era capaz de cuidar de um hamster engaiolado. Tenho mãos grandes e elas estão sempre ocupadas com os cadáveres recentes. Ela também não me amava, mas achava que sim. A fantasia, às vezes, livra do tédio. Algumas mulheres precisam dessa perversão para se distraírem. Via de regra, as mulheres consideram que os homens as amam porque as fodem, como se na cópula estivesse embutido o sentimento amoroso, como um brinquedo que esconde outro brinquedo maior dentro de si, se esquecem que até os seres mais insignificantes são capazes de copular e nem por isso possuem uma ideia vaga e metafísica sobre a afeição. Toda vez que ela abria a boca me fazia lembrar daquele provérbio: *Quando um burro fala, o outro abaixa a orelha*. A voz era estridente, se assemelhava um pouco com os grunhidos dos porcos na hora do abate. Eu nunca gostei de porcos. Eu tapava os ouvidos com as orelhas e os sons saiam da sua boca descompassados, provavelmente ela tentava me convencer de algo, no entanto, eu nunca saberia. É só deixar entrar por um ouvido e sair pelo outro. É um tipo de exercício fácil, não precisa de muitos esforços. Não podia deixar que meia dúzia de palavras me abalasse. ¿Bonobobo você viu o que aconteceu com as mulheres da Ucrânia? Sim estão em guerra a Ucrânia está sendo bombardeada e você sabe muito bem Bonobobo numa guerra as mulheres morrem mais muito mais mesmo quando não são mortas morrem mais. Bonobobo bonobobo bonobobo ela me chamava assim, rindo rindo rindo bonobobo. Bonobo me traga um copo de água Bonobobo me massageie os pés Bonobo espalhe um pouquinho dessa lavanda atrás das minhas orelhas também um pouquinho nas dobras do joelho sim para que meus passos fiquem perfumados Bonobobo me coce as costas bonobobo me faça cafuné bonobobo não me faça cócegas assim eu mijo nas calças bonobobo olhe só você tem pelos demais Bonobobo você parece um macaco bonobobo o que faria se tivesse seios tão bonitos quantos os meus¿ bonobobo eu chuparia seus seios se fossem tão firmes como os meus Bonobobo eu fiquei molhada só de pensar bonobobo desabotoe o meu sutiã assim não com cuidado parece um cavalo bonobobo fale baixo assim acorda a minha vizinha Bonobo enfia a sua mão dentro da minha calcinha sente como está encharcada vem Bonobobo enfia seu pau devagarzinho bonobobo me come de novo agora com mais força da outra vez meu corpo estava distraído bonobobo vamos com mais força morde minhas nádegas as duas a direita e a esquerda quero ver seus dentes cravados na minha bunda bonobobo minha buceta ri e saliva quando escuta você abrindo a porta bonobobo feche a veneziana bonobobo não quebre os bibelôs são lembranças da minha mãe. ¿Bonobobo você acha que os insetos conhecem o amor? Às vezes eu queria ser formiga por um dia sentir como formiga pensar como formiga. Mas parece que só consigo pensar como eu mesma. Bonobobo não Bonobobo parece pensar como os macacos se por acaso eles pensassem. ¿Bonobobo você não acha que a vida é longa demais para sermos a vida inteira só nós mesmos com esse corpo até morrer? ¿Bonobobo não seria mesmo tão legal podermos mudar de corpo pelo menos umas quatro vezes durante a vida? sim quatro ou cinco já seriam de bom tamanho. Imagine Bonobobo você poraí com meu corpo com minhas tetas balangando no tórax e minha bunda grande e gostosa grudada no seu quadril. ¿Não é excitante imaginar isso Bonobobo? ¿Bonobobo você não acha que o amor é sempre mais fácil entre desconhecidos? Sim, eu tenho certeza que sim meu doce Bonobobo eu por exemplo sempre amei a balconista da padaria sim ela era uma completa estranha sim estranhíssima parecia aqueles insetos que ficam camuflados nas árvores outras vezes lembrava aquelas moscas de banana. Eu sou mesmo tão tão bonita quando sou desconhecida! Se duvida é só perguntar a um estranho qualquer com certeza ele concordará comigo. Dirá que nunca viu uma mulher tão desejável em toda a sua vida. ¿Você não acha que eu seria totalmente irresistível se você nunca tivesse me conhecido se nunca tivesse tocado em uma unha do meu dedo mínimo e se nunca tivesse dedilhado meu cuzinho? Que pergunta mais tola! ¿Como eu poderia saber sobre afetos? ¿Porque as mulheres ficam futucando tanto na cabeça da gente? Eu era um animal simples, se fazia sexo com uma mulher é porque estava inscrito na minha natureza que deveria fazer. Se estivesse programado para fazer com uma égua ou uma cadela eu faria. Não havia segredo nisso. Não havia motivos para abstrações e suposições. A gente nasce, fode e morre. É só isso. ¿Como pode esperar ser feliz tendo de se sustentar em duas pernas? O homem não nasceu para ser feliz, nasceu para esparramar no mundo a sua desgraça. O resto é caraminhola inventada pelas cabeças ocas das mulheres. Bonobobo você quer tapar o sol com a peneira é inútil não vai conseguir depois Bonobobo vai acabar chorando pelo leite derramado vai sim. Bonobobo bonobobo você não ri nunca. Bonobobo faz tempo que aos homens foi permitido rir. Não confunda riso com escárnio. Vamos Bonobobo estica essa boca assim veja faça como eu se não consegue pode deixar que te ajudo veja é só eu puxar as bochechas dos dois lados olha só que lindo sorriso nem parece mais um Bonobobo triste. Agora é um Bonobobo feliz. Não via graça nenhuma naquilo. Não sabia porque ela ficava se deliciando com essas sílabas bobas na boca bonobobo bonobobo bonobobo. ¿Bonobobo você não acha que devíamos plantar buganvílias? Eu vi umas tão vistosas no quintal do vizinho... ¿Por que as pessoas sempre têm de vigiar o quintal do vizinho? ¿Não te basta os próprios problemas? ¿Ainda tem de ir visitar os problemas alheios? Não seja bobo Bonobobo... ninguém falou de problemas eu estou falando sobre flores sim de flores aquelas coisas pequenas coloridas e cheirosas você sabe Bonobobo todo mundo já viu um jardim na vida ainda que alguns não tenham sabido apreciar. Você só pensa em coisas tortas tem de aprender a relaxar. Eu seria bem mais feliz se tivesse uma plantação de buganvílias você também Bonobobo também seria bem mais feliz não ficaria aí de cara fechada feito um macaco adestrado sim você se parece mesmo muito com um macaquinho adestrado. Eu te jogaria uma banana sim te jogaria de bom grado uma banana. Era de fato uma mulher estranha, de gostos exóticos e acreditava piamente que a felicidade poderia ser cultivada em um vaso ou no jardim no fundo de casa, rente ao muro. Ficava em dúvida se era uma imbecil ou uma completa idiota. Bonobobo acabei de me lembrar de quando meu pai me levava até o chiqueiro para ver os porcos recém-nascidos, era uma verdadeira festa vê-los na fragilidade de seus nascimentos... ¿Bonobobo você não acha muito estranho que o meu pai me ensinasse afeto através de porcos que comeríamos na ceia de Natal? Mais estranho eram as suas perguntas estrambólicas, seria bom se as coisas fossem tão simples quanto a cabeça dessa lunática imaginava. Não contrariava, não era do meu feitio acabar com a esperança alheia, deixava aquela criatura crer que era tão fácil encontrar a felicidade como colher um buquê de flores. Quanto a mim, costumava lembrar dos cadáveres que enterrava nas trincheiras. O amor era muito breve para ser levado em conta e me oferecia uma satisfação temporária, não valia a pena esquentar a cabeça por tão pouco. Bonobobo desfaça essa cara vamos coloque outra mais alegre no lugar eu não gosto de Bonobobo de cara amarrada vamos troque logo não quero mais ver essa cara de fuinha. Bonobobo essa noite eu sonhei que morava num castelo em ruínas e de repente ele começou a desmoronar todos tiveram que correr muitos morreriam. Ah meu bonobobo! Ainda bem que eu acordei antes a essa hora não estaria aqui com você nem poderia chupar o seu pau delicioso eu seria só farelo um farelinho de nada. A sorte é que eu sou uma mulher resiliente é isso sou muito resiliente. Ela tinha aprendido essa palavra há poucos dias numa dessas revistas femininas e agora não parava de repetir resiliente, como se o fato de falar a tornasse automaticamente alguém melhor sem ter de fazer o mínimo esforço. Eu a escutava, mas não podia acompanhar as suas loucuras. ¿Não acha bom que eu tenha sobrevivido ao desmoronamento? Ah bonobobo parece que nem se importa. Bonobobo você parece tão bobo que não liga a mínima queria que eu tivesse desaparecido com o castelo não precisa dizer nada eu já sei. Quem vê você assim me olhando desconfiado pensa que não me tem afeto. ¿E por que mesmo eu quereria o afeto de um macho? Não sei Bonobobo eu realmente não sei. Tinha ideias estranhas na cabeça, talvez esse fosse o mal de toda mulher. Falava de filhos, como se fala de plantar hortaliças ou comprar uma bicicleta nova. Não a escutava. Acho que ela nem se importava, o seu prazer maior era falar e não ser ouvida. Se por um lado havia o prejuízo do descaso, por outro havia a vantagem de eu nunca a retrucar. Provavelmente ficava extasiada com isso, as suas amigas viviam com a cara roxa, ela não, vivia com a alma vazia. Muito se ganha em não ser amada. As maiores atrocidades são cometidas pelos companheiros que amam demais. Ela não precisaria se preocupar com isso, tinha apenas que alimentar as bocas famintas dos filhos que nunca teria. Escuta os fogos! Olha é ano novo bonobobo! Foi o que ela disse entre alhos e bugalhos. ¿E o que eu deveria fazer? ¿Uma lista com promessas bobas ou planos que descumpriria na primeira semana? Não seja tonto bonobobo! Faça como todo mundo ninguém faz listas ou planos para serem cumpridos fazemos listas e planos porque afinal precisamos gastar em algum lugar os dias todinhos são 365. ¿O que faríamos com tantos dias assim se não os gastarmos inutilmente entre uma planilha e outra? Vá bonobobo rega um pouquinho as plantas agora já são apenas 364 dias e 12 horas. ¿Bonobobo você vai me amar amanhã? ¿Bonobobo não acha descabida essa pergunta? Ah Bonobobo não acha descabida porque é só um bobinho... ¿Como pode saber que me amará ou não amanhã? Se nem sabemos quem eu serei amanhã... ¿Vai Bonobobo não se faça de esperto que mulher amará amanhã? Fiquei quieto olhando para os seus lábios contorcendo de um lado e de outro. Ela não esperava mesmo nenhuma resposta. Não gostava de ser contrariada. Era assim, fraca para oposições como todas as mulheres. Ah Bonobobo você parece tão sério quando usa esses trajes. Eu não gosto Bonobobo de você quando você está sério eu prefiro o você de antes eu prefiro o você pelado assim pertinho das minhas coxas. Às vezes, para não parecer soberbo, usava uma gravata borboleta. Me dava uma certa discrição. As mulheres jovens me olhavam desconfiadas, elas tinham a intuição das velhas bruxas. No entanto, logo envelheceriam e morreriam como todos os outros e eu estaria ali para enterrá-las. Sim, as enterraria e ninguém ficaria boquiaberto. Talvez até me oferecessem um cachimbo e uma cadeira à sombra. Olharia para a cara das defuntas, sorriria, sim, eu também sei sorrir quando necessário. Elas não devolveriam o riso, eu compreenderia, não levaria a mal. Não faria uma cova nem mais funda nem mais rasa. Eu não guardava mágoas. Eu não era um homem rancoroso. Os que vieram ante de mim foram. Meus avôs afogavam os cavalos que já não serviam para nada. Eu não trazia ódio no coração porque aprendi a engolir minhas sombras. Eu podia andar por quilômetros e quilômetros, ninguém enxergaria sombras me perseguindo. Eu era um ser sem sombra de dúvida. Não era confundido com os homens que morrem de véspera. Não podia ser misturado com os homens que trajavam de terno e gravata seus fantasmas. Eu andava sozinho. Eu andava em duas pernas. Bípede¿ Homo erectus¿ É assim que chamam, não é¿ Sentia algum orgulho de não possuir quatro patas como os cães. De não sentar no chão e lamber meu próprio saco. Eu gosto de cães. Eles têm línguas salivosas e pelos macios. Eu gosto de homens. Principalmente os que enterro. MENINO.

Sim, me chamam de Menino. Sim, esse foi o nome escolhido por aquela criatura que me pariu, conhecida vulgarmente por mãe. A responsável por todos os infortúnios. A mulher que pode facilmente ser confundida com o diabo. Talvez o próprio diabo de saia. Ela me nomeou antes de saber com o que me pareceria. Considero este fato um tanto quanto leviano. No entanto, normalmente essa é a sequência das coisas, você nasce e te colocam uma etiqueta, assim já não pode ser confundido com as crianças das outras famílias, o nome te concede uma pequena arrogância, você se confunde com o brasão do seu clã, o nome é o seu primeiro laço de consanguinidade e sua promessa muda de lealdade. Mesmo que negue os seus traços e enterre seus parentes. Mesmo que lixe o seu rosto para disfarçar as semelhanças. Sim, porque de todos os homens os de seu sangue você deve preparar a sepultura com antecedência e parcimônia. Os homens com seu sangue podem cometer as maiores atrocidades, mesmo assim terão privilégio sobre os outros homens. Os homens com seu sangue merecem um discurso longo pós morte, ainda que você os considere uns crápulas. Inevitavelmente terá de perdoá-los, ainda que te custe os olhos da cara. A consanguinidade é uma prisão da qual poucos escapam. Eu não porto máscaras. Eu não porto luvas. Eu trago a boa nova. Eu não posso ser contaminado, eu tenho o antídoto para a morte. Era o que todos procuravam, não era¿ Qual de vocês não pagaria caro para ludibriar o Diabo¿ Não, não fui enviado pelo governo. Quanta ingenuidade considerar que um governante se preocuparia com uma terra de desenganados. O presidente pouco se importa com o número de mortes. Minha cabeça dói um pouco às terças-feiras. Trouxe da minha terra um papagaio que gostava de imitar as tolices dos homens. Não o culpo, também vejo muitos homens imitando a tolice dos animais. Eu não estava sozinho, trouxe também comigo Barnabás e Sombra. Não poderia deixá-los para trás. Não poderia trazer um e deixar o outro. Eles eram dois e eram também um. Lados diferentes da mesma moeda. Eram parte da mesma tragédia. Eram neuroses da mesma loucura. Como eu poderia apartá-los¿ Jamais poderia, ainda que tentasse eu não seria bem sucedido, eu sucumbiria ou eles sucumbiriam. E as duas alternativas seriam igualmente catastróficas. A ordem não importa, é indiferente. Além disso, ninguém aqui os expulsaria, todos precisavam de ajuda e eles estavam sempre a postos, prontos para socorrer qualquer um e pouco importava a gravidade do socorro, eles nunca negariam. Eles tinham as mãos solícitas como as mãos dos bobos. Bonobobo bonobobo bonobobo de repente a voz daquela mulher ecoava no meu cérebro, os pensamentos não me deixavam em paz. Eu não a amava, no entanto, sua voz continuava ecoando na minha cabeça, podia sentir seu hálito quente sussurrando no meu ouvido: De quantos homens se faz um bonobobo¿ Me chamavam de Senhor e eu respondia. Senhor, estamos cansados, precisamos de um chuveiro e de um colchão, basta um para os dois, não fazemos cerimônia, o Senhor nos conhece, não temos frescura, quebramos pedras com os punhos, diga-nos, Senhor, como faremos¿ Senhor, minhas costas doem, essa terra é estranha, deixa vergões pelo corpo. ¿Você pode trazer uma coberta? Quem sabe também um travesseiro ou dois sacos para colocar debaixo dos miolos. Temos tanto frio, parece que aqui o inverno chega antes. Senhor, também poderia arranjar umas velas, não costumamos dormir no escuro absoluto. As suas vozes em uníssono ecoavam nos meus ouvidos. A pergunta aparentemente era muito simples, porém, não sabia como respondê-los. Calem-se. Calem-se. Não perguntei nada, devem esperar as minhas ordens. Não ajam como dois vagabundos. Vieram para essas terras para ajudar e não para se divertir. Mas, senhor, precisamos dormir um pouco, recuperar o fôlego. Não somos burros de carga, precisamos de descanso. Temos muito trabalho, essa noite não dormiremos. Velaremos o sono frágil dos mortos. Descansa bem quem está morto! Se contentem em manter os pulmões funcionando. Deveriam me agradecer por tê-los trazido comigo, iriam mofar até virar pó naquela terra de jagunços infelizes. Eles apenas se entreolharam, não pronunciaram nenhuma palavra, o que me fez supor que eu impunha o respeito necessário para que me servissem por muitos anos ainda. Com licença, estou aqui, do que precisam¿ Por que me chamou¿ Chamou¿ Você só pode estar delirando! Eu não chamei ninguém! Quem é você¿ Não vê que é perigoso andar nas ruas por esses tempos¿ Ainda mais você, uma.... Diga, uma o quê¿ Não vem ao caso, ninguém deve sair de suas casas. Eu sei bem o que pensou, uma velha, não foi isso¿ Como uma velha ousa perturbar o sono dos vivos¿ Bobagem, não pensei nada, deixa de conversa e diga logo a que veio. Eu já disse, eu vim porque me chamou. Eu não chamei ninguém, eu já tenho comigo Barnabás e Sombra, por que precisaria de mais alguém¿ Não subestime os habitantes desse vilarejo, você precisará de mais ajuda do que pensa. Eu jamais viria sem ser convidada. Além disso, como pode ver, esses dois homens estão caindo em pé, não vão aguentar o tranco por muito tempo. ¿E como você poderia me ajudar? Olhei bem para o corpo magro daquela velhota e de maneira quase inconsciente fiquei procurando por suas ancas e pelos buracos de dentro delas. Eu sabia que todas as mulheres tinham buracos escondidos feito uma peneira dentro de uma gaveta trancada. Mesmo as velhas continuavam com buracos por todo o corpo e bastava um pouco de paciência e eles se encharcavam e abrigavam o pau dos homens. Não sei o motivo, mas meu pau deu uma leve enrijecida. Seria bom ter uma mulher no bando, minha boca começou a salivar e imaginei que talvez a velha também salivasse por debaixo do saiote. Por pouco não a chamei para mais perto e enfiei a minha mão no meio das pernas dela, tenho certeza que ela afrouxaria as pernas para me auxiliar. Bem, me convença que é uma boa ideia deixá-la ficar conosco. Antes de começar a falar ela coçou com delicadeza a buceta, fingindo distração. Isso é bem simples, de todas as formas, uma mulher velha já passou por tudo, não existe nada que a amedronte. Cada vez que a velha abria a boca o meu pau se mexia dentro das calças. Minha língua estava cheia d'água, estava com uma vontade incontrolável de erguer suas saias e chupar sua buceta ali mesmo. O que faz¿ Sou parteira, quase toda a cidade nasceu pelas minhas mãos. Sinto muito, não precisamos de uma parteira, aliás, é a última coisa que o povoado vai precisar. Vamos, vá para casa, faça um chá e descanse enquanto a morte não vem. Ao mesmo tempo em que a minha boca dizia isso, o meu pau falava o contrário, ele insistia para que a velha ficasse. A morte não virá para mim, a espera é inútil. Minha senhora, cedo ou tarde a morte chega a todos, você não é melhor do que ninguém. Não, não chega aos amaldiçoados e você sabe muito bem disso. Espere um minuto, preciso usar o banheiro. Eu não queria que a velha ficasse, no entanto, pensar nisso me deu um tesão incontrolável, tive que ir até o banheiro e bater uma punheta, voltei mais calmo. Está bem, não tenho paciência para lunáticos. ¿Mais uma coisa, você é sozinha ou tem marido? Não precisamos de mais homens, eles atrapalhariam o andamento das coisas.

Não se preocupe. ¿Quem nessa terra de infelizes tem coragem de andar acompanhado? Eu sei, você olha para mim e vê apenas uma velha à beira da morte, no entanto, eu já fui jovem. ¿Não é incrível saber que um corpo sem rugas e sem flacidez já me habitou? Um homem deveria ficar contente ao se deitar comigo, é como se ele tivesse penetrado em todas as mulheres que já moraram em mim antes. Meu desejo sempre foi viver sozinha. Graças às baratas, eu tive uma família, medíocre como todas as famílias. Nunca cheguei a morar sozinha por causa desses bichos asquerosos. Sim, poderia ter me separado por diversas vezes, mas em todas elas eu fui impedida pelo pavor que as baratas me causavam. ¿O que mais poderia me impedir com tanta eficiência? Graças a esses insetos tive filhos, netos, bisnetos... E continuei tão infeliz como se nunca os tivesse tido. Por fim, me dei por vencida e fui criar cavalos. Se não me engano as baratas não sabem cavalgar. Se insiste tanto em ficar, fique. Muito ajuda quem não atrapalha. Puxe uma cadeira, não tardará e alguém nos chamará para recolher algum corpo. Não sei como uma parteira pode ajudar, mas deve haver alguma utilidade em um corpo que ainda respira. Venha! Estão nos chamando. ¿Você sabe abrir covas? Claro! ¿Esqueceu? Eu sou uma parteira! Não esqueci, parteira e não coveira. Abri algumas covas para enterrar os homens que não vingaram. Ela falava de um jeito como se os que não tivessem sido enterrados contassem com uma sorte melhor. Duvidava, nenhum homem jamais vingou sobre a terra, apenas a um palmo dela. Sente-se mulher, ajeite as saias, terá alguma utilidade nesse país de infelizes. Pode entrar para o bando. Enquanto respira. Só enquanto respira. E eu suponha que o seu fôlego não duraria muito. Vamos, da próxima vez vista uma calça, facilita o serviço. Além disso, se ela usasse calças o meu pau conseguiria se manter em paz, a saia com certeza deixava o cheiro de buceta no ar. Não se esqueça das botas, nunca sabemos onde pisamos. Disse isso e lhe estendi uma máscara. Ela a colocou logo abaixo dos olhos, depois deu uma puxada e deixou o grande nariz à mostra. Quem a visse, assim de longe, não desconfiaria que respira, a máscara lhe confere um bom disfarce. Ela bem poderia ser confundida com um dos mortos. Existe algum ser que não poderia¿ E já vou alertando que não durmo com funcionárias, não insista, por favor. Engraçado que falar isso o deixou novamente atiçado, disfarcei e dei uma leve arrumada nas calças. Ela me olhou intrigada e tirou a calcinha do rego, talvez fosse um gesto aleatório. Há muitos meses Barnabás e Sombra não dormiam com uma mulher, no puteiro costumavam dividir a mesma puta, nunca compreendi se era para economizar dinheiro ou por uma espécie estranha de cumplicidade. Nunca perguntei, embora me aguçasse a curiosidade. Olhei para eles e vi os dois cochichando enquanto olhavam a velha e amaciavam as calças. Não pude recriminá-los, também estava animado, talvez tenha sido uma ótima ideia ter uma mulher entre nós, ainda que não tivesse mais na flor da idade. A velha me olhou e tirou novamente a calcinha do rego, decerto deveria ser algum sinal de consentimento. Depois das covas abertas voltamos ao barracão, Sombra e Barnabás estavam acabados, a velha ainda estava em pé, como se tivesse somente se levantado para um chá. Levantou um pouco a saia para se refrescar, pelo menos foi o que alegou, no entanto, com certeza fez isso para nos assanhar. Fingi que não entendi o seu convite. Ela me olhou um pouco decepcionada, imagino que o esforço físico despertou sua libido. Eu não estava ali para me distrair com mulheres, meu foco era outro. Sombra e Barnabás lambiam os beiços. Estendi um cobertor no chão e ordenei que se ajeitassem como fosse possível. Não podíamos nos dar ao luxo de reclamar. Sombra e Barnabás logo se deitaram na posição de carta de baralho, um de cada lado, a velha tirou a roupa, ficou apenas com o sutiã de um vermelho tão vivo que a deixava parecendo ainda mais velha, depois se ajeitou no espaço que sobrou. Olhei para a sua vagina e ela parecia impressionantemente nova, os grandes lábios pendiam graciosamente entre suas coxas, pensei que seria fácil lambê-los, virei o rosto, não queria prolongar o assunto. Meu pau teve uma leve ereção. Coloquei a mão disfarçadamente por dentro da calça e imaginei meu pau na buceta grande da velhota. Bastava umas três estocadas e a encheria de porra. A velha com certeza sabia que me provocava, se ajeitou no cobertor e enfiou o dedo na buceta, fingindo uma coceira incontrolável. Já adivinhei que dormir nos próximos dias seria bem difícil. Não queria dormir com funcionária, isso atrapalharia o andamento das coisas. Tinha de dar um jeito naquilo. Sombra e Barnabas não paravam de se mexer, tenho certeza que pensavam na velhota. Era evidente que a velha tirava a intimidade dos dois, no entanto, se no bordel dividiam a mesma puta, podiam também dividir o sono com a mesma velha, isso não teria muita importância, está certo que nunca soube se dividiam a puta por fetiche ou economia. Estendi uma manta curta e me deitei também. Pensei que seria bom escutar a voz baixinha sussurrando bonobobo bonobobo bonobobo pensei que seria bom escutar bonobobo tira a cera dos meus ouvidos¿ Bonobobo você consegue não é¿ Bonobobo entrou de novo ar no cano você pode dar um jeito? ¿Bonobobo você pode me comer de novo? De repente me dei conta que seria bom se soubesse amar. No entanto, ainda era sexta, quarta-feira estava longe. Teria que me contentar com a imagem dos grandes lábios da velha despencando na minha boca e o chulé de Sombra e Barnabás invadindo o meu colchão. Acordei no meio na noite com o pau duro, pensei em procurar a velha e dar umas estocadas, no entanto, quando olhei na sua direção ela estava de quatro, Sombra comia delicadamente a sua buceta enquanto Barnabás fazia movimentos circulares com os dedos no seu cuzinho. A velhota fazia questão de rebolar ainda mais com a massagem, de forma que os dedos já estavam metade dentro dela. Até pensei em me juntar à festa, mas a cena me deixou tão excitado que gozei ali mesmo. Mal tivemos tempo de acordar e um homem cadavérico nos observava atentamente. Pode parecer incoerente, mas apesar de eu estar acostumado a enterrar mortos todos os dias me espantava ao ver um homem vivo com cara de defunto. Talvez porque homens assim estavam no meio do caminho, um pé lá e um pé cá. Estendi maquinalmente a mão oferecendo um copo de café preto e um trago do meu cigarro.

LIVRO II

UM HOMEM SEM SOMBRA DE DÚVIDA

O caixão descia lentamente e a terra ia abocanhando aquele corpo gordo de macaca velha, parecia a bocarra de um monstro insaciável.

Ela tinha um relógio de pulso que contava as horas apesar do seu corpo morto. Ainda assim era um cadáver, não devia nada a ninguém, o tempo já não a apavorava.

eu era um homem. ¿quem discordaria?

Um homem não rumina sozinho a vida.

Um menino não rumina sozinho a infância.

Um cavalo não rumina sozinho a tarde, ao lado dele tem a sombra de outro cavalo. E a sombra de outro cavalo se multiplica depois daquela cerca. E um terceiro cavalo rumina indiferente um pasto verde. E a sombra se move a galope enquanto a Terra gira fingindo demência. Não precisamos ver o casco para adivinhá-lo, basta escutarmos os trotes e ver que a sombra morre quando o sol se põe. E onde havia três animais gigantescos agora existe apenas um mísero cavalo. Um animal solitário de quatro patas que poderia ser facilmente confundido com um burro de carga. Quanto a mim... bem... eu continuo pastando e ruminando desabitado nesse mundo vasto. Eu nasci, em algum momento um útero me abrigava desse hospício a céu aberto, no entanto, me foi tomado, como se toma a liberdade de um preso. Não tive como evitar, o nascimento me foi ofertado de mão beijada. Não era possível viver a vida toda dentro de um corpo emprestado. Uma mãe não era uma casa com ferrolhos. Uma mãe era um vaso de cerâmica que uma hora partiria. Fui projetado para fora e ainda me pego lamentando este fato. O homem foi feito à imagem e semelhança de Deus, por isso, blasfema quem desacredita na sua divindade. Blasfemo, Eu. Quem conhece um cavalo conhece todos os cavalos. Quem conhece um homem presume a escuridão de toda humanidade. Vejo um pouco de tristeza nessa sentença, uma fatalidade incorrigível. Posso dissecar um cavalo, mas não posso dissecar um homem. Quem me dera despir um cadáver e fazer um corte longitudinal! A abelha produz o mel e o ferrão. Nem por isso vive só. Só somos sozinhos em noite escura sem lua aparente. Em outras ocasiões os nossos fantasmas nos acompanham com zelo e devoção. Quando for dormir tire os sapatos e reze baixinho. Quatro pais-nossos, três ave-marias e duas salve-rainhas. Não se mexa bruscamente, pode assustá-los. Não precisa invocá-los. Não precisa acreditar para trombar com eles. Não pode correr, tampouco pode ficar parado. Também não precisa *cerrar los ojos*. Pelo contrário, é melhor que mantenha os olhos bem abertos. De um jeito ou de outro eles virão. De um jeito ou de outro eles virão. Não há nada que possa fazer a esse respeito. Poderia aconselhá-lo a acender uma vela, no entanto, seria um conselho tolo, nem os homens nem os fantasmas se assustam com a claridade. Escolha uma das mãos. Nada. Na outra. Nada. É isso, não há nada em lugar algum, se ainda procuramos é apenas para nos distrair dessa existência necrosada. Veja, já amanheceu, é ano novo, agora pode fingir que fará as coisas melhores do que antes. Talvez mude os móveis de lugar ou compre uma planta que sobrevive em ambientes fechados, sem luz natural. Também pode passar a se interessar por horticultura. ¿Você conheceu Bernadete? Uma pena, mas ainda é tempo. Nunca é tarde quando estamos dispostos. Ninguém continua igual depois de encontrar

Bernadete. Não me pergunte o motivo. Não é algo que dê para explicar, simplesmente acontece. Alimente os cavalos, o cocheiro espera do lado de fora. Se olhar atentamente nos olhos dos animais perceberá que existe uma alma ali dentro. Talvez uma alma parecida com a dos homens que têm alguma espécie de idiotia, ainda assim uma alma. Não traz boa sorte cavalos famintos, além disso, a fome lhes altera o tino e acabarão te desviando do caminho. Se é que tenha traçado algum caminho. Mate a sede dos cavalos, há um açude a poucos quilômetros, é mais fácil do que matar a sede dos homens, essa é insaciável. Não espere que outro faça o seu trabalho. O outro é um personagem vago. Esperar pelo outro é arriscar-se a morrer de boca seca. ¿Quantos cadáveres tem encontrado pelo caminho? O outro se esconde a muitas léguas de distância. Se possível nunca ofereça um espelho, é mais fácil lidar com um homem do que com dois. Dois homens frente a frente só servem para confundir nossos sentidos. Um homem multiplicado é um inferno em miniatura. Não estenda as suas mãos em vão diante de um homem. As suas mãos foram feitas para servir, não há o que discutir, quem foi feito para servir serve, quem foi feito para mandar manda. Embaixo dos seus pés, uma cidade inteira dorme. A missa ainda nem começou. Hoje está tão quente que as baratas povoam as janelas. Provavelmente ficou sabendo da sua chegada, Bernadete sabe de tudo, não nasceu ontem, ou presume ou os mensageiros mandam avisá-la. Ela já foi amiga íntima do Papa, deve saber de coisas que nem Deus imagina. Não pode deixar a cidade antes de conhecê-la! Bernadete aprendeu a amar com os cachorros. Ela é o fenômeno principal desse povoado em ruínas. Sem ela nem sei o que seria... Não espere que ela te fareje, ela não precisa disso, sabe muito bem se virar sozinha e certamente não iria atrás de um forasteiro. Não precisa de esmolas de qualquer espécie, nem mesmo um afago a convence. Quando a conhecer verá que não age de forma tão previsível quanto os outros seres. Aparentemente é uma criatura frágil, no entanto, exatamente aí reside sua força. Quando ficamos perto de um ser assim automaticamente desatamos as amarras e você sabe muito bem que um animal sem couraças e com o ventre exposto pode ser esmagado facilmente. Peça para um homem deitar de barriga para cima, verá que suas vísceras ficam à mostra e um cão raivoso qualquer pode matá-lo. Bernadete me tem nas mãos e eu corro feliz entre os seus dedos. Eu poderia me desviar dos seus encantos, no entanto, já fui capturado e um animal capturado é um animal abatido. Não é jogando qualquer osso que a convence, precisaria de muita astúcia para atraí-la. Só tem olhos para mim. Pode me farejar a quilômetros de distância. Se eu quisesse facilmente a prenderia. Não falo para me gabar, é a mais pura verdade. Todos da cidade a veneram. Semana passada um homem tatuou o seu nome no braço esquerdo

¿ou seria no direito? Não me recordo, mas isso é irrelevante. Quarta-feira um menino fez uma pipa com o seu nome escrito em letras garrafais, ontem uma senhorinha de cabelos grisalhos ameaçou se jogar da ponte porque Bernadete não lhe deu atenção, logo ela, que é tão solícita. Ainda que totalmente estática causava alvoroço. Bernadete não disse nada, porém deve ter sentido um certo orgulho de si mesma. As mulheres a tratam feito uma rainha. Os homens vivem salivando, loucos por um afago qualquer, é como se Bernadete vivesse um cio permanente, o seu cheiro exala pelo bairro todo. Não sinto inveja, apenas me admiro ¿como uma criatura pode causar tanta comoção? Nem um cachorro velho despertaria tanta brandura. Eu não me deixaria abocanhar por um animal qualquer, no entanto, se Bernadete pedisse... Ah! Se ela pedisse seria impossível negar! Arregaçaria a calça na mesma hora e ofereceria gentilmente as minhas panturrilhas para serem atacadas. A sua aparente submissão me domina. E veja, não são apenas as pessoas que correm atrás dela, vira e mexe vários cães aparecem no portão farejando seu cheiro. Outro dia a vizinhança se aglomerou na porta, esperavam ansiosamente só para vê-la passar e lhe dar mimos de vários tipos. Uma moça que tivera filho recentemente trouxe uma geleia feita com a própria placenta. Se eu fosse Bernadete jamais aceitaria, fico enjoado só de pensar, porém, Bernadete aceitou e ainda se fartou de comer! ¿Já viu uma mini vaca? Os homens desta terra têm ideias bem inusitadas. ¿O que minha doce companheira faria com uma mini vaca? Nem pasto não tem. Mas, estou a postos para auxiliá-la, arranjei um sítio de um amigo distante e enviei o presente. Ganhou até mesmo um vaso de flores, logo ela que tem aversão a qualquer espécime de plantas, é extremamente alérgica. Não abriu a boca ou demonstrou aversão ao presente. Como eu sabia que ela não queria parecer ingrata, recolhi o vaso e coloquei na varanda, bem longe do seu nariz, assim mesmo espirrou duas ou três vezes seguidas. Não posso dizer que ela não mereça, ela sabe cativar as pessoas. Já eu... nunca ganho nada e se bobear sou subtraído. Ontem passei em frente ao mercado e um menino tentou levar minhas moedas, a sorte foi que Bernadete vinha ao meu encontro, o trombadinha logo saiu arrependido. Eu pude ver sua cara de fuinha descendo a rua em disparada. Eu bem desconfio que eles morram de inveja da nossa cumplicidade. Eles queriam estar no meu lugar, porém, não podem, eles têm de se contentarem com as migalhas de afeto que Bernadete lhes proporciona. Afeto não se compra. Ao lado dela, eles me veem como um animal de estimação inofensivo, ladra, mas não morde. No entanto, não tenho do que reclamar, entre todos ela me escolheu sem pestanejar. E sei que ela escolheria outras vezes sem titubear. E é isso que eles não suportam, o fato de eu ter sido o escolhido e não eles. Nem tente enganá-la, logo virá uma legião para defendê-la. Essa é a vantagem da bondade, nunca precisa levantar a mão contra os seus inimigos, primeiro porque faz poucos pelo caminho, segundo porque se alguém se atrever logo será detido por muitas almas. Precisa conhecê-la antes de partir ou irá se arrepender. Não ouse deixar o povoado antes de fazer isso. Não existem duas Bernadetes por esse mundo. Ela tem aquela feição mansa, igual aos cães de rua, dá vontade de passar o dia todo olhando. Não me encare assim desconfiado, não é loucura o que digo, quando a ver vai entender perfeitamente sobre o que falo. E confesso que já fiz isso, claro, enquanto ela dormia, ela jamais poderia saber desse fato, se desconfiasse teria consciência que me domina e isso com certeza abalaria seu espírito. Ao menor sinal de fraqueza ela me expulsaria de casa e me privaria do seu convívio no mesmo instante. Ela só me tem por bem porque imagina que a domino inteiramente, não poderia sonhar com tal covardia da minha parte. ¿Você confiaria num cão de guarda que rói unhas? Tenho certeza que não! Eu tampouco confiaria. Só evite encará-la por muito tempo, isso a aborrece. Tem gente que não vale o que come e tem Bernadete. Ela provavelmente não te ensinará nada ¿quem se importa? Já conhecemos tantos métodos de aprendizagem e nenhum deles nos serviu para nada, não precisamos aprender mais um. Ela é quase tão ignorante quanto um quati, contudo, muito menos perigosa. Os quatis andam em bando, Bernadete quase sempre está acompanhada apenas da própria sombra. Mas, não é qualquer sombra, é a sombra de Bernadete. Sim, Bernadete é completamente inútil, nem tudo que é bom tem alguma utilidade. Detesto essa mania que as pessoas têm de julgar outras pela sua serventia. Ficamos anos angustiados procurando serventia para as criaturas, até chegarmos a essa maravilhosa constatação: não me servem para nada. Não deve procurar utilidade nos seres afetuosos, o seu papel é existir apenas e toda sua beleza está exatamente nessa disfunção. Deve se conformar com essa falha na constituição dessas criaturas afáveis. A vida é mais leve quando temos um amigo que sofre tanto quanto a gente. Não estou sendo maldoso, somente observo friamente os acontecimentos. Se não fosse tão distraído também veria o que vejo. Não se engane, o amor não é universal, o sofrimento sim. Quando um cavalo quebra a perna ele é sacrificado, quando um homem quebra a perna oferecem a ele um par de muletas. ¿Você pode imaginar isso, um par de muletas? ¿Você pode imaginar um cavalo com um par de muletas? Nenhum animal se sujeitaria a isso, só um homem é capaz de tal façanha. Um homem não foge ao seu infortúnio. Morre ciscando em volta da própria desgraça. Não precisa sentir pena, o seu dia também chegará, mais cedo ou mais tarde. Relaxa, acenda um cigarro, dê uns dois tragos. Não fume excessivamente para não antecipar a morte. Não adianta tentar evitar, um homem não vai sozinho para a cova, leva consigo as centenas de sapos que engoliu no caminho. Já um cavalo rumina silencioso na sombra, indiferente ao seu destino. Bernadete ainda vive. Não sei dizer se isso é uma grande vantagem. Alguns, consideram um martírio. Convalescente, como todos nós. Os olhos mansos cheios de lágrimas. Se fossem azuis seriam mais bonitos, mas continuariam tristes. A boniteza não é a salvação dos desenganados. Os monstros também se deitam e se levantam todos os dias. ¿Qual de nós não passa os dias cutucando a ferida? Felizes quando a casca se forma, apenas pelo prazer de retirá-la em seguida. Depois ficamos boquiabertos admirando o sangue escorrer. Estamos todos em carne viva. Alguns jogam punhados de terra para tapar o abismo, outros fazem respiração boca a boca em cadáveres. E isso não faz a menor diferença, ninguém escapa ao destino. ¿Não te parece assustador? Eu tremo feito vara verde quando me dou conta disso. Nada que eu fizer pode alterar a ordem das coisas previstas. Ainda que engatilhe uma arma em direção ao seu ouvido, a bala já tem seu alvo certo. Cada árvore cada semente cada erva-daninha cada cupim que rói o batente da sua porta cada bactéria que provoca o seu mau hálito cada piscina cheia esperando por uma tragédia cada formiga que carrega a folha condenada para fora do jardim cada cordão em volta do pescoço do suicida cada espelho que reflete tua cara deslavada cada inseto em volta da lâmpada os vermes que integram suas vísceras o noivo abandonado na porta do altar o amante que nunca teve a moça do mercado o açougueiro o vigilante que dorme desatento na portaria cada arquitetura do fracasso já foi pensada antes da sua existência ¿Sabe aquele besouro conhecido como rola bosta? Até mesmo ele. Tudo, completamente tudo já foi traçado, independente da tua vontade. O que te torna quase inútil. Um acidente tolo do universo. Não se atole em pensamentos desnecessários. Não deveria ter medido a sua importância pelos elogios maternos. As mães não são capazes de enxergar a inabilidade dos filhos. Admitir a ineficácia da sua cria seria admitir o próprio fracasso. Em cada canto do mundo tem um espelho refletindo a sua impotência. Você não pode refazer ou desfazer nada. ¿O que te resta, então? Disfarçar, sim, é o que te resta, fingir como todas as outras criaturas fazem. Trançar os cabelos enquanto espera. Inventar algumas paixões para aplacar o tédio. Nos prender ao outro é uma forma eficaz de escaparmos de nós mesmos. Morder o fruto sem se importar com o caroço. Não pense que para os outros a realidade é mais amena. Todos se desdobram para manter seus porcos presos em silêncio nos chiqueiros. Se atentar o ouvido escutará os grunhidos. Se não escutar nada é porque você está demasiadamente preocupado em manter seus porcos bem alimentados. Cada um mata seu porco quando melhor lhe convém. Cada um disfarça a dor como pode. Alguns escondem debaixo do tapete ou tomam entorpecentes, outros se casam e culpam o companheiro pelos seus males. Outros preferem a solidão porque sequer são capazes de enfrentar os próprios demônios. Você não é melhor do que ninguém. ¿Quem te contou essa mentira? Se eu fosse você não acreditaria em tudo que os tolos dizem ou fazem. O buraco é mais embaixo. A qualquer hora o infortúnio te assalta. E continuará assim como está agora, com essa cara de paisagem. Eu sei que é difícil aceitar o fato de que não tem nada de especial, é só mais um entre tantos da sua espécie, parece que Deus deu cria a uma ninhada de cachorros vira-latas. Vamos, levante, não adianta ficar ganindo se não consegue alcançar as tetas. Escuta, se colocar uma corrente e uma coleira ouvirá os fantasmas com mais frequência. Poderá até mesmo auscultar as batidas do seu coração. ¿Por que imaginou que as almas penadas não teriam um sistema cardíaco? Não tenha medo, eles são mais inofensivos do que os vivos. Deveria temer os homens que comem e cagam. ¿Quantos homens já te passaram uma rasteira? Eles são sorrateiros, costumam se aproximar de mansinho, escondem os chapéus e suas calvícies e quando menos espera você já está lambendo o asfalto. Devíamos andar mais atentos. Os homens andam no mundo da lua, enquanto almoçam pensam na despesa do jantar. ¿Você sabia que a lua vem da Ásia? ¿Tem certeza, isso não é o nome de um livro? Agora já não sei, fiquei em dúvida. Deixa para lá, não tem importância mesmo. ¿Quantos homens te acenaram e logo em seguida te cuspiram na cara? Eu sei, deve ser bem difícil contabilizar, não perca tempo tentando encontrar um número exato. Eles não têm a intenção de fazer o mal. Ninguém tem, o mal é feito por puro hábito e distração. Você pode considerar que isso é uma desculpa das almas nefastas, porém, você se engana. ¿Você é capaz de se lembrar quantas vezes engoliu o alimento sem ter um pingo de fome? Acontece o mesmo com a maldade, não podemos contar nos dedos todas as vezes que fomos perversos. Não se culpe, você nasceu anatomicamente adaptado para fazer o mal, não precisa de esforço. Uma hora, quando menos esperar, o mal te alcança. Não se amedronte com a transparência dos fantasmas. ¿Por acaso também corre dos que respiram? ¿Também corre daqueles que por pura arrogância andam com os narizes empinados? Eles pensam que são melhores do que os porcos porque sabem arrotar escondidos no banheiro. ¿De onde você acha que vem os monstros? Decerto não foram gerados debaixo da sua cama. Os monstros nascem quando os homens se distraem. E os homens vivem distraídos ou bocejando. Outro dia vi um homem pregando um botão no tórax ao invés de pregá-lo na camisa, quando deu por si achou mais fácil terminar o serviço, furou o peito e fez uma casinha, agora era só abotoar. ¿Quantos homens morreram enquanto abria e fechava a boca? ¿Você já olhou bem para os olhos de um vivo? Tente. Não vale desviar. Depois não diga que não avisei. ¿Você já os observou bocejando? Não passam de bonecos infláveis, sem ar, murcham. *Quem com ferro fere com ferro será ferido.* Nunca gostei de cantigas de ninar, são assustadoras e ninguém é capaz de dormir depois de ouvi-las. *Boi boi boi da cara preta pegue aquele menino que tem medo de careta.* Os homens que inventaram a guerra respiravam, tinham um baço, dois pulmões, inspiravam e expiravam sem dificuldades, exibiam músculos fortes, ombros largos, tinham a saúde plena e pediam licença ao atravessar as portas. Também tocavam as campainhas antes de serem anunciados. Antes de entrar deixavam os sapatos do lado de fora, sinal de respeito, afinal, não eram simples ladrões de casaca. Além disso, não tinham nada contra um homem em especial, tinham apenas nojo da humanidade. Os homens quando estão em bando são mais perigosos. Por isso, prefiro andar sozinho ou acompanhado de poucos. Não pense que a maldade nunca conheceu o afeto, ela também foi nutrida dentro de um útero, provavelmente foi alimentada pela mesma teta que você. Depois da nevasca esses mesmos homens bélicos tiravam a neve das casas ao redor, sem cobrarem nada por isso, evitaram a queda e a morte de muitos velhos caquéticos. Nas noites frias fechavam as venezianas com as próprias mãos para que as esposas não adoecessem, a notícia de que um novo vírus chegaria no inverno já tinha se espalhado. Cantavam cantigas de ninar para os filhos dormirem em paz e terem sonhos leves. Defendiam as mulheres da vizinhança contra os maus sujeitos e outros abusadores, eles sabiam melhor do que ninguém que o mal também habitava corpos saudáveis. Faziam o sinal da cruz antes de engatilharem as suas armas, elas nunca se encontravam descarregadas. Cochichavam nos ouvidos das vítimas: tudo ficará bem tudo ficará bem. As vítimas fechavam os olhos e suspiravam aliviadas antes do estampido. Rezavam um pai-nosso ao estourar os miolos dos inimigos, não eram pagãos. Há muitas formas de ser ruim e os homens conhecem todas elas. Eu estou destacado dessa estatística. Não, eu não tenho culpa, eu nasci bem depois, quando apareci a tragédia já estava instaurada. Tampouco chorei pelos natimortos que vieram antes de mim. A guerra não cessa porque nascemos, ela continua seu trajeto como se nunca tivéssemos nascido. Para a natureza não há diferença entre um homem e um cardume de peixes. Não interessa se você nasceu livre ou com o cordão em volta do pescoço. O nascimento e a morte visitam a todos. Não se contente com os momentos alegres, eles passam rápido. Quanto a mim, já não podia fazer nada, apenas observar e fingir que escrevia um diário de viagens. Não foi algo premeditado, comecei como quem esboça as primeiras letras cursivas depois de ser alfabetizado e de repente a tragédia estava lá, estampada na folha em branco, ornamentada com pontos e vírgulas, riscada em um fragmento ou outro. Nunca mais fui o mesmo. A escrita é um caminho sem volta. Já não posso evitar, tudo que vejo passa pela peneira da palavra. Se uma folha cair estará fadada a ser eternizada pelas minhas mãos, uma folha nunca é uma folha para um homem que escreve. Não me admira que por séculos esse dom tenha sido escondido das mulheres. As mulheres têm útero, criam quantos homens quiserem dentro de seus ventres, se multiplicam feito amebas. ¿Por que também querem reivindicar a escrita? A escrita é a única forma que os homens têm de alterar suas naturezas. Escrever tem sido a salvação de muitos espíritos atormentados. A escrita afugenta os inábeis do tédio. Conheço muitos homens que viveram anos e anos adiando o suicídio porque não sabiam como terminar uma narrativa, muitos acabaram morrendo de velhice e nem se deram conta. A escrita permite lidar com os outros e, às vezes, serve como anestesia de si mesmo, outras vezes, contudo, te coloca na boca do abismo. No entanto, eu escrevia por uma razão totalmente distinta. Não era um dom nem era uma necessidade. Eu estava confortável no meu tempo, não me incomodava ser inútil como todos os outros homens. Não via a escrita como uma causa nobre ou como solução para a minha aflição. Não via a escrita como salvação, pelo contrário, me fazia ir mais rápido ao fundo do poço, contudo, alguém precisava ser responsável por registrar toda tragédia. Quando escrevia os objetos saiam da sua cômoda invisibilidade. Ser visto carrega o germe de toda desgraça. Aos poucos os fantasmas encarnavam e já não podiam se vangloriar por atravessar paredes. Fui o escolhido. Não faço a mínima ideia do motivo. Logo eu que sei descrever porcamente um animal de quatro pernas, não sei distinguir um crustáceo de uma ave de rapina, não sei discursar sobre a trajetória das formigas. Não sei a diferença entre um burro e um asno. Não compreendo a morte prematura dos inábeis. Não entendo porque existem substâncias imiscíveis. Sei tão pouco de mim mesmo. Não sei olhar para um homem e imaginar o que se passa em sua cachola, duvido que eles mesmos saibam, pouco interesse me desperta um homem, acho mais razoável observar um cachorro correndo atrás do próprio rabo, tolo, feliz e inofensivo ou os porcos chafurdando na lama. Já os homens... não existe bicho mais peçonhento. Experimenta deixar um braço ou uma perna a seu alcance e sentirá o veneno sendo inoculado. Não me assustaria se tivesse mais anotações sobre um cão do que sobre os homens. Também não me assusta o fato dos homens se matarem para ficarem longe de outros homens. Se eu não tivesse nascido afeito à covardia faria o mesmo. Hoje mesmo eu teria motivos suficientes para me livrar de meia dúzia deles. Não me causa pavor homens que matam outros homens, não é fácil encarar um espelho e não querer estilhaçá-lo. As mães procriam para se livrar do seu inferno íntimo, mas ao darem à luz se encontram com o demônio em carne, osso e vísceras. Não me ensinaram o jeito certo de pegar numa caneta tinteiro. Ainda acho incompreensível terem me escolhido para tal empreitada. Não entendo a lógica do alfabeto e pouco compreendo sobre as emoções humanas. Sou um observador de olhos viciados, vejo mais do que a realidade comporta. Escolheram o sujeito errado. Logo eu que até pouco tempo não sabia pinçar os objetos nem fazer tarefas minuciosas com as mãos. Logo eu que não vejo sentido em descrever algo que qualquer criatura pode ver com os próprios olhos. ¿Não parece certa arrogância querer descrever o mundo para quem não é cego de nascença? ¿Por que perderia tempo descrevendo os objetos em sua estupidez? Não fui criado para isso. Qualquer aprendiz faria um trabalho melhor. A duplicação não passa de uma farsa. ¿Por que eu descreveria um tomate enquanto posso pegá-lo e apertá-lo livremente com as mãos? ¿O que esperavam de mim? Não sei, mas não estava disposto a dar. ¿Quem em plena sanidade sacrificaria o próprio corpo? Não nasci para satisfazer os caprichos de ninguém. Sou bom em aritmética, puxei a minha família paterna, todos são bons em cálculos, embora nenhum soube o que fazer com tal habilidade. Sou tão tolo como qualquer outro da minha linhagem. ¿Por que não seria? ¿Não seria injusto demonstrar uma genialidade não herdada dos meus pares? A tolice traz um certo alívio, os homens se sentem acompanhados em suas asneiras. Em geral os homens mais tiram do que dão. Não sou diferente dos outros. Me calo. O silêncio não deixa de ser uma espécie de egoísmo. Eu estava habituado ao silêncio, mas não estava habituado à ruindade. Não é o tipo de coisa que passa de pai para filho. Nasci num tempo em que se forçava a empatia por seres estranhos, de tal forma que se um monstro morasse no meu quintal provavelmente seríamos companheiros leais. Eu não faria mal nem a uma mosca. Além disso, não tenho estômago para a maldade. Ter nascido fraco do estômago me aproximou da santidade. O cheiro de sangue me causa náuseas terríveis. Se matasse um homem não saberia limpar suas vísceras como se limpa as tripas dos peixes. Além disso, nunca gostei de peixes. Aquele abrir e fechar de boca incessante, tenho horror só de imaginar. Quando menino fazia barricada interditando o acesso ao formigueiro, assim as formigas não eram mortas pelas mãos de outras crianças. Você também não tem culpa, embora isso te soe um pouco estranho, já que na infância aprendemos que somos ao mesmo tempo o carrasco e o herói. Não é perversidade premeditar a morte do irmão menor. Afinal, se não fosse por ele ainda estaria pendurado nas tetas da sua mãe. Um irmão não passa de um delinquente convidado a sentar-se à mesa do jantar. Deveria mesmo matar seu irmão e sugar as tetas da sua mãe até o fim. ¿Não foi ela que o trouxe até aqui? Você não tem culpa e até diria que é inocente, no entanto, ao tocar a sua caixa torácica vejo que ainda respira. Vamos, conte até três e prenda a respiração. Ninguém que consegue inflar os pulmões pode ser considerado inocente. Ordinário. Infelizmente, não posso te ajudar, ninguém pode. Mas, não acho que esperasse nada diferente de mim. Não se deve esperar nada diferente de ninguém. Aos meus inimigos deixo apenas o poder da dúvida. Não queira um auxílio para te coçar as costas. O animal que confia em outro animal morre mais cedo, de tocaia ou com uma espinha de peixe atravessada na garganta. Eu não te estenderei as mãos, sinto muito. Não estou aqui para isso, minha função é outra, não convém esclarecer as coisas por enquanto. Vamos deixar tudo como está, é mais conveniente assim. Não pense que Bernadete só me faz bem, longe disso. Ela me faz muito mal, pode ter certeza. Coloque os dedos entre minhas vértebras, culpa dela, já não tenho vontade de comer ou dormir. A fome me atravessa. Não é falta de comida, os mantimentos estão apodrecendo na despensa. Falta paz, ela não me dá sossego, é como um câncer que te come o estômago aos poucos. Pareço um morto-vivo. Se durmo, ela invade meus sonhos, adquire as formas mais bizarras, acordo apavorado e suando frio. Noite retrasada apareceu travestida de lobo, garras e caninos enormes. Não existe criatura que não seja multifacetada. Talvez até seja boa, a intenção primeira até fosse essa, mas de boas intenções o inferno tá cheio. Se isenta alguém por considerá-lo inocente, sente e espere, a merda uma hora chegará. *Deus me livre da maldade de gente boa!* Sofri como um condenado desde que a conheci. Não existe conhecimento sem dor, foi assim desde a invenção do fruto proibido. Eu por muitas vezes tentei me afastar, foi em vão. Fui vencido pelo cansaço e pela fome insaciável. De uma forma ou de outra sempre estava de novo pendurado nas tetas de Bernadete. E que tetas!!! As criaturas vão nos enredando de uma forma... quando percebemos já estamos amarrados por todos os lados. Não há por onde fugir, tampouco temos vontade. O afeto prepara a cama e depois disso já não somos capazes de levantar pela manhã. Há muitas maneiras de prender um homem e a delicadeza é a mais perversa delas. Como você deve imaginar a intimidade só traz desgraça. Não existe guerra que se compare em infelicidade à instituição familiar. Precisaríamos de armas bem mais potentes para conseguirmos nos igualar ao ódio de dois seres que dividem a mesma cama. Alguns vão querer contestar sobre o que acabei de dizer, porque o otimismo está em moda. Você deveria conhecer Bernadete, se a conhecesse nunca a esqueceria. ¿Quem pode esquecer de um encontro fortuito? Faria juras de amor eterno, mesmo que não tivesse intenção alguma de amá-la. O amor é uma das invenções mais caras da humanidade. Talvez a maltratasse, porque ela é tão boa e solícita, sempre nos espera, que, às vezes, nos esquecemos da sua existência. Ela é tão inocente que em algumas ocasiões já tive o ímpeto de espancá-la, simplesmente por me irritar com tamanha passividade. É da nossa natureza, quando vemos uma presa não conseguimos tratá-la a não ser como uma presa.

Depois pensei que não era certo maltratá-la, poderia voltar a precisar dela um dia. E minha intuição não me enganou, todos os dias me via solicitando algum favor irrisório de Bernadete. Isso costuma acontecer com os seres bons, são ludibriados por causa da própria benevolência. Tenho que admitir, por vezes, a bondade excessiva também nos ludibria e da pior forma possível. Não sei se manipulava Bernadete ou se Bernadete me manipulava. Hoje acho bem possível que eu fosse o verdadeiro fantoche, embora só agora me dou conta disso. Posso vê-la nitidamente, sentada me olhando com uma cara de piedade e inocência, era assim que me chantageava. Fazia parecer que se eu jogasse um osso ela correria atrás abanando o rabo e sossegaria. Pura ilusão! Era uma forma suja de me ter nas mãos. Não conseguia brigar com Bernadete, por mais que tentasse, porque surpreendentemente ela atendia a todos os meus pedidos, por mais absurdos que fossem, algo que me deixava deveras irritado, porque alimentava dia a dia a minha ganância e eu via nascer em mim um monstro insaciável. Não há forma mais eficiente de conhecer o demônio do que convivendo com um ser de coração mole, disposto a fazer qualquer coisa para provar a sua dedicação. Um monstro não nasce sozinho, ele precisa da ajuda das almas boas. Digo mais, um monstro morre quando não é alimentado. No entanto, é comum que esses seres disformes encontrem mãos tão solícitas quanto a de Bernadete. Eu arrisco dizer que se ela não tivesse cruzado o meu caminho hoje eu seria um homem muito melhor, sim, nem preciso arriscar, seria um homem muito melhor sem sombra de dúvida! Ela fez com que eu me desviasse do bom caminho. Se não tivesse encontrado com Bernadete não viveria nesse desolamento, decerto plantaria hortaliças em algum país desabitado. Fique atento quando se encontrar com Bernadete, uma criatura como ela é muito mais perigosa do que uma jararaca, ela se assemelha mais a uma jiboia, com a sua imensa bondade te engole aos poucos. Quando você se der conta já estará inteirinho dentro dela. Não haverá mais escapatória. Ninguém escutará os seus pedidos de ajuda. Na verdade, poucos amigos perceberão que já não se encontra nos arredores. Nem mesmo o carteiro sentirá a sua falta, as correspondências encherão a caixa do correio até se perderem pelo chão. Não terá mais noites insones, dormirá tranquilamente dentro do estômago pequeno de Bernadete. E não há meios de sair, falará para sempre de dentro de Bernadete. Ela sorrirá satisfeita cada vez que ouvir sua voz e soltará um arroto. Sua voz não passará de um eco abandonando a carcaça branca de Bernadete. Como disse antes, um homem jamais foge do seu infortúnio, pelo contrário, morre ciscando em volta da própria desgraça. Eu poderia te contar muitas histórias sobre Bernadete, mas nenhuma delas faria jus a sua presença em carne e osso. Se não travar conhecimento com ela, as histórias não servirão para nada. Um dia sente-se ao lado dela e cruze as pernas, as narrativas virão naturalmente, sem que faça muito esforço. Tem um mosquito perto dos seus olhos. Pronto, já espantei. Não tenha pressa, não tem nada a perder, quando atravessar a porta, tudo estará no mesmo lugar. Não há sensação melhor no mundo do que saber que as coisas não se moverão ou se moverão de forma tão repetitiva e cíclica que não notará, soará aos ouvidos como uma música de uma nota só. Vamos, se contente, afinal, não é um percussionista que eu saiba. Os suicidas continuarão planejando a própria morte e praguejando sobre o ventre da mãe. Os burros ainda estarão empacados em frente aos seus donos. Os cavalos ainda estarão alimentando a mesma sombra. Os tatus ainda estarão abrigados nas mesmas tocas. Os carrapatos continuarão escondidos nas pelagens dos cachorros. Os cachorros continuarão lambendo a mão de seus donos. Os comerciantes ainda estarão embaraçados com seus trocos. Os amantes continuarão suas juras falsas de amor eterno. Eu continuarei te olhando com essa cara deslavada. Os homens ainda estarão escrevendo a mesma epopeia. Os velhos ainda estarão escarrando na porta da tabacaria. E de certa forma todos lembrarão do mesmo verso *o poeta é um fingidor...* E o vendedor da tabacaria continuará a empurrar as folhas secas da calçada com a sua vassoura de piaçava e se perguntar se conheceu o poeta português ele dirá que nunca viu mais gordo. Os poetas têm importância apenas para outros poetas, para o resto do mundo são apenas loucos letrados. Os meninos continuarão guardando seus chicletes na cabeceira da cama para voltar a mascá-los pela manhã. Os coveiros continuarão cavando distraidamente os buracos dos mortos. Eles estão tão habituados ao trabalho que enterram homens como se enterram porcos. E você bem sabe que porcos ou são enterrados ou devorados na ceia de domingo. Os mortos continuarão morrendo para fazer jus ao trabalho duro dos coveiros. Não queria estar na pele deles. Os vermes continuarão famintos debaixo da terra para não decepcionarem os defuntos. Retroalimentação. Você faz parte da cadeia alimentar, mas não está no topo dela. Entenda, para a engrenagem do mundo pouca importância têm os seus passos. Se um dia a tua grandeza te causar arrogância, olhe para uma árvore, qualquer uma, a maioria absoluta delas são quatro vezes o seu tamanho. Acalme o seu espírito. Quase nada é para ontem. Pare de fungar! Bernadete dorme o sono dos justos. Quando acordada gosta de espantar as moscas desmaiadas perto do seu leito. Mas, agora dorme. Vamos, a deixe em paz, deixe que durma sossegada. Não são todos que têm a sorte de um sono sem sonhos. Bernadete merece do bom e do melhor, a partir de hoje a tratarei a pão de ló. Deveria agradecer pela possibilidade de gerar filhos, já não trago comigo essa esperança. Sou como uma árvore seca que serve apenas de pouso aos urubus. Bernadete ainda os pode ter. Embora eu imagino que pouco pense sobre a maternidade. Gosto de Bernadete porque parece um monge, normalmente não pensa sobre nada, vive a maior parte do dia num estado meditativo. Fica horas deitada na varanda, até o sol desaparecer no horizonte. Os filhos nos fazem ter a impressão que não somos tão finitos e desgraçados. Se eu tivesse filhos os ensinaria a observar o caminhar das taturanas e os espinhos no seu dorso. Ensinaria que é normal as folhas caírem no outono, não precisa se preocupar tanto meu filho, elas nascerão com mais força. Também ensinaria que olhar com atenção é um tipo de afeto insubstituível. E quase ninguém está disposto a dar esse tipo de afeto. ¿Você já olhou alguém assim? ¿Há beleza maior do que parar todos os movimentos apenas para ver a trajetória errônea de uma criatura qualquer? Ficar observando numa admiração passiva e silenciosa, sem pedir nada, sem exigir coisa alguma. No entanto, não tive filhos e provavelmente nenhum homem herdará os traços da minha memória. Nenhum homem justificará seus enganos por conta dos meus erros paternos. Também nenhum traço do meu rosto estará perdido em outros rostos. Nenhum homem sentará perto de outros homens e ruminará peripécias da minha vida. Não há um fato engraçado que mereça ser contado. Não há um fato trágico que já não tenha acontecido com tantos outros da minha espécie. Nunca estive na manchete de nenhum jornal. Está certo que não sou nenhum gênio, fui em tudo mediano e talvez não carregue comigo um feito que precise se perpetuar, contudo, é possível apreciar as mesmices de um homem comum, não entendo porque as pessoas arregalam os olhos quando digo isso, sim, sou um homem comum, não tenho nada de extraordinário, não tenho três braços, não tenho prótese na perna, não tenho um olho de vidro, nem mesmo uma mancha de nascença, não participei de nenhuma revolução (nunca fui convocado e se fosse provavelmente recuaria), acordo com o pau duro antes de mijar, pigarreio pela manhã e afundo o pão no café todas as tardes, rego as plantas e espero que floresçam na primavera, aparo a grama e tenho a convicção que na semana seguinte haverá grama novamente para ser aparada, seria uma tragédia se não tivesse, coloco o lixo às terças e quintas para ser recolhido, porque tenho a convicção de que os homens que cuidam do meu lixo continuarão a cuidar do meu lixo, se você não consegue ver poética nisso o problema não está em mim. Tampouco tive amantes, o amor é muito lento, não chega para todos os homens. Seria trágico se todos os homens conhecessem esse sentimento. O amor não tem nada a ver com essas frases de autoajuda que lê por aí, é bem diferente disso, posso nunca ter amado, porém, em tese, sei muito bem do que se trata. Está certo que a tese não serve para porra nenhuma. Não vou lamentar por ter desperdiçado noites de sono pensando sobre a anatomia das minhas perdas. ¿Que homem vive nessa terra se não estiver disposto a perder sistematicamente?

Não vou chorar por ter visto em cada rosto de mulher a imagem do meu infortúnio. Não vou contestar a minha sina, às vezes, as coisas são como são. Não existe nenhuma teoria da conspiração que possa explicar os acontecimentos. O fato de olharmos e não vermos o gato não significa que tenha evaporado, ele pode estar escondido em qualquer cômodo da casa. Acontece o mesmo com o amor, pode estar em qualquer lugar, talvez tomando chá na varanda de outra habitação ou tenha morrido engasgado com uma espinha de peixe. ¿Quem sabe? Continuei vivendo e nas noites muito frias batia uma punheta para acalmar os nervos. Não sei se resolvia, ao menos gastava alguns minutos da existência levantando, pegando papel higiênico e limpando o gozo que caia na minha barriga. Não vou lamentar que os meus irmãos tenham dormido com metade da cidade (alguns nascem com o cu para lua, não tem a ver com talento, é uma espécie besta de predestinação, uns são predestinados a virarem gênios, outros a foderem com quase todas as criaturas), enquanto as mulheres me olhavam com pena e resignação, apesar disso, nunca se despiam completamente na minha frente, procuravam uma cortina ou ficavam atrás de algum biombo. Havia uma vergonha nata nas mulheres que tentavam se aproximar da minha cama. Não insistia para que ficassem nem insistia para que se despissem, via um prenúncio de tragédia num corpo nu. Algumas putas me ofereceram carinho a preço baixo, mas mesmo essas não eram capazes de tirarem as roupas enquanto eu segurava pacientemente o meu pau. Não nasci para ser amado. Não vejo motivo para as mulheres jogarem pérolas aos porcos, se eu fosse elas pouco tempo dispensaria para um homem de tamanho mediano e com um pau mediano. Poucas linhas dediquei em meu diário para explicar tal destino. Explanar sobre o assunto não mudaria as coisas, tampouco me consolaria. Poderia tentar me justificar dizendo que preferia ganhar no jogo de cartas, contudo, estaria sendo irrealista, já que os cassinos não me atraiam. Além disso, nunca tive sorte nos jogos de azar, aliás, o próprio nome não ajuda. Evidente que eu era um amante medíocre, ejaculava antes de penetrar as mulheres e nunca me dispus a corrigir este fato, morrerei praticamente virgem. Escutava alguns homens aconselhando outros homens, falavam que o médico dava jeito em tudo. Porém, não quis perder horas para correr atrás desses doutores de jaleco. A minha trajetória se perderá num caderno de contabilidade ou talvez num bloco de notas. Não terei essa espécie de esquecimento lento e gradativo próprio dos fulanos de família. Meu apagamento será rápido. Se eu tivesse a intenção de me suicidar eu deixaria uma bela carta com frases de efeito e relembrando as pessoas importantes que passaram na minha vida. Mas, em primeiro lugar nunca pensei em suicídio, sou covarde demais para cometer tal ato. ¿Além disso, para que perder tempo tirando a própria vida se já farão isso por mim? Em segundo lugar, não saberia a quem endereçar, não tenho amigos e mal sei de cor o nome do meu senhorio. Talvez eu deixe uma carta de despedida endereçada aos homens da minha comunidade. Quem sabe uma pequena nota no obituário da cidade ou a encomenda de uma missa de sétimo dia. Não tenho religião, mas isso pouco importa, gostaria de uma missa da mesma forma. *Cada macaco no seu galho.* Há tanta sabedoria quanto estupidez nesse provérbio! Às vezes, invejo até mesmo os pobres diabos que se matam de trabalhar para trazer a carne e o afago a suas amantes. É preciso muita energia para trabalhar em prol da satisfação alheia. Nunca consegui entender completamente esse tipo de loucura. Nem tive vontade de me esforçar até a exaustão total em troca de uma cama aquecida. ¿Como ter coragem de se degradar para alimentar outra alma, dar conta de si já não era tarefa demais custosa? Me parecia um preço extremamente alto a se pagar por tão pouco. Fazer amor com garotas da noite me parecia muito mais atrativo, não precisava oferecer nada a elas a não ser meia dúzia de notas amassadas que não valiam quase nada. Além disso, elas sempre me elogiavam, diziam que eu tinha o melhor pau de todos. Eu não acreditava, mas achava justo os elogios. Cedo ou tarde pagamos por nossas escolhas. Agora não haverá uma esposa para lamentar minha partida ou rezar no leito de morte. Não achava justo perder quarenta anos de liberdade para ter uma pobre coitada se esbugalhando em lágrimas no meu caixão. No entanto, adoraria ver essa imagem, mesmo morto. Agora acho que me equivoquei. Podemos ao menos mudar de ideia ao longo da vida, essa é uma das vantagens de se estar vivo. As pessoas costumavam me dizer que não entendiam como eu podia viver sozinho e ser feliz. Na verdade, poderia fazer uma pergunta parecida a elas: ¿como podiam ser felizes juntas? Não fazia questão de convencê-las que o meu modo de vida era prático e eficaz, elas estavam tão ocupadas brigando com os seus companheiros que não seriam capazes de escutar, com certeza dariam de ombro. Eram infelizes demais para enxergar a felicidade alheia. ¿Em quem elas colocariam a culpa de seus fracassos? Não é para qualquer um lidar com os próprios infortúnios, cavar a própria cova. Se eu estendo as mãos eu posso ver o tamanho dos meus calos. Nunca tive grandes dificuldades para viver como um ermitão, poucas desventuras tive vontade de compartilhar com alguém. Eu era egoísta o bastante para não dividir com outra criatura os meus pensamentos abstratos. Só não era mais independente por preguiça, preferia me beneficiar do trabalho de outros braços, não por afeto, não precisava de afeto. Também não me incomodava ler sozinho um poema de amor na escuridão do meu quarto. Considerava que o amor só podia ser praticado no espaço reduzido de um livro, fora dele evaporava. ¿Quem poderia acreditar naquelas baboseiras todas? Não conheço ninguém que tendo vivido em comunhão me tenha convencido dos prazeres do amor, este sempre estava associado a histórias de sofrimento e recusa. Não sei se era uma regra, mas com certeza parecia, todos os protagonistas eram tapados e esperavam que a salvação viesse em duas pernas. Quanto mais narrações ouvia mais me convencia que era um felizardo por não ter dividido o mesmo leito com ninguém. Está bem, concordo, talvez amar seja expansão de consciência, porém, não estou a fim de expandir a tal preço. Não me importava em acariciar o meu próprio corpo e me fazer explodir em gozo. Confesso que até achava bem cômodo não ter ninguém para sussurrar idiotices no meu ouvido ou pedir que esfregasse com vigor o assoalho ou desentupisse o vaso sanitário ou pedir para enfiar o pau mais fundo ou alguém que simplesmente ficasse respirando rente a minha orelha. Amar exige conjugar os verbos no modo imperativo e eu não aceito ser um pau mandado. É muito boa a sensação de não ter a obrigação de ficar ereto! Nesse ponto invejo as mulheres! Embora todos esses anos vivi tão solitário, não imagino que uma diferença de gênero poderia me tornar mais realizado como ser humano, a verdade é que o infortúnio visita a todos. No entanto, apesar de ter driblado sozinho as narrativas da vida, sofro como um condenado por não partilhar a ideia da morte. Sofro por saber que ninguém dirá: "Era um homem tão bom, coitado! Deveria viver pelo menos duzentos anos! E que sorriso confortante! E que paciência com as criaturas ignorantes! Morreu tão jovem!”. Admito que nunca fui bom o suficiente para ser admirado e muito menos filantropo para ser recordado com afeto, entretanto, sou testemunha que as pessoas costumam ser bem coniventes com os mortos e até mesmo o pior carrasco da história se santifica quando morre. Não gosto de saber que meu corpo será velado pelo coveiro e pelo agente funerário, me desagrada mais ainda saber que não estarão ali por afeição ou pena, mas apenas para cumprir uma função trabalhista. Ninguém regará a grama do meu túmulo nem verificará se o epitáfio foi escrito corretamente. Nenhum homem me identificará num álbum velho de fotografias, nenhum homem disputará as minhas cinzas depois da cremação. Aliás, haverá uma breve discussão dos agentes funerários para decidir se o meu corpo será jogado aos vermes ou levado à cremação, já que minha boca estará morta e não terá nenhum parente para decidir por mim. Nenhum amigo lembrará de um conselho sábio, pois sempre fui um péssimo conselheiro, tampouco tive amigos, apenas discursei para alguns estranhos que encontrei em filas de mercados e lotéricas. Nenhum homem correrá os olhos pelo meu quarto e cairá em prantos. Nenhum conhecido reclamará pela má qualidade do caixão. Nenhum amigo lerá um poema ruim que rascunhei durante uma bebedeira. Nenhum filho me amaldiçoará por ter ido cedo demais ou por ter sido um péssimo pai. Não fui sequer capaz de gerar um descendente para me espezinhar. Não haverá netos catarrentos e chorosos implorando pelo afago do avô. Não haverá vizinha para devolver uma tigela lascada. Desconfio que até mesmo os credores se esquecerão facilmente da minha cara e olha que eles me visitavam toda semana, cada hora com um carnê diferente de cobrança. Quem sabe um irmão esquecido de morrer lamentará sobre o meu caixão, embora provavelmente a demência avançada o fará esquecer se éramos amigos ou inimigos. Um homem solitário deveria ter por direito um inventário extenso, com vários parágrafos e incisos, no entanto, nenhum homem disputará a minha herança, deixarei para trás não mais do que meia dúzia de livros e uma mesinha de centro infestada de cupins. Um aparador que nunca soube ao certo para que servia. Uma luminária queimada. Uma reprodução barata de um pintor renascentista. Talvez uma ou outra imagem de santo, porque quando ficar velho terei que rezar para alguém me aliviar das desventuras da velhice. Nada melhor do que a impotência para nos tornarmos crédulos do poder divino. Não terei o privilégio de ser amparado por membros da família, no máximo contarei com uma bengala herdada de um tio-avô distante. É triste ser o único a lamentar a própria morte. Apesar de eu ter certeza que cada homem desta terra definhará mais cedo ou mais tarde. Talvez Bernadete passe a língua áspera pelo meu corpo, sim, fará isso para que eu entenda que não estou tão sozinho quanto penso. Talvez a Bernadete me console, sim, talvez ela fique quieta vendo o caixão descer e a terra abocanhar meu corpo, que um dia foi dela. Ou talvez tentará impedir que me enterrem, sim, quem sabe ela tenha essa coragem. Não deixará a terra me cobrir, cuidará do meu corpo até que ele se finde pouco a pouco. Quem sabe esperará os fungos crescerem e depois os apartará de mim. Sim, você deveria conhecer Bernadete! Não ia se arrepender! Tão zelosa! Com certeza teria essa paciência de ver meu corpo enferrujando devagarinho, até desfazer de vez, como se desfazem os portões das velhas fazendas. Você deve estar se perguntando quem é Bernadete. Não se engane, eu não mentia quando falei que não tive nem esposas nem amantes. Bernadete é uma cadela de rua, eu costumo levar biscoitos de cão no bolso, foi assim que nos conhecemos. Bernadete me adotou. Não tenha pena de mim. Não existe castigo que não seja escolha. De certa forma eu escolhi esse destino. Ninguém é fadado ao fracasso sem um pouco da própria mão. Não me arrependo das minhas escolhas, apenas lamento ter que pagar caro por elas. ¿Você sente o cheiro de jasmim? Eu já posso sentir. Vamos, respira fundo. Morto e enterrado. Um amontoado insignificante de ossos. ¿Quantos homens desapareceram da face da terra feito pulgas? Um homem sem filhos é um homem de memória curta. Os seus gestos morrem minutos depois que o seu coração para de bater. Para o diabo a esperança! Um homem de verdade não se esconde atrás de falsas ilusões. ¿Quem precisa de esperança sabendo que em alguns anos terá desaparecido por completo? Com sorte será lembrado durante uma semana devido ao porta-retrato esquecido em alguma mobília. Os traços do seu rosto se perderão assim que o caixão adentrar a terra. Todos os seus discursos amorosos serão engolidos. Até se arrependerá por ter amado parcamente. Esqueça, se for enterrado vivo ninguém intercederá por você, a cova continuará fechada. ¿Como pode pedir calma numa hora dessas? ¿Não está vendo o que me aguarda? ¿Deveria simplesmente ignorar meu desaparecimento repentino? Os mortos continuam tagarelando pela língua dos seus filhos. Não tenho filhos! Serei um defunto mudo ou, se me permitir, falarei pela sua boca. Ainda que a sua boca pareça assim tão mirrada. ¿Pode fazer isso por mim? Veja, o que te peço é quase nada... Não sou seu parente, não sou nada seu, mas isso não tem a mínima importância, os afetos acontecem das formas mais inusitadas, o sangue não é garantia de nada. Escuta o que digo, antes de se comer o fruto é preciso parar e apreciar a floração. Ao comer o fruto também se engole a beleza da flor. O fruto não despenca do pé da noite para o dia. Se continuar com essa afobação vai queimar a língua. Vamos, sente-se à mesa, ofereça um café, o biscoito ainda está no forno. Não tenha pressa, o trem demora muito a chegar por esses lados. ¿Você por acaso nasceu de sete meses? Não se apavore, o pavor não é capaz de assustar os seus credores. A dívida uma hora terá de ser paga. Não poderá fugir a vida inteira. Nada os assusta. Revire os bolsos. Deve ter sobrado alguma coisa da sua última farra. Eles foram treinados para não desistirem. De um jeito ou de outro a cobrança virá. Sossegue. Os cobradores usam uniformes laranjas, estão disfarçados sob muitos corpos e eles não morrem nunca. Não posso te ajudar. Eu nem sei como te ajudar. Não se preocupe, os boletos logo te alcançarão. A sua testa exibe um código de barras. Não pode escapar, há um cabresto invisível sobre a sua cara. Não pode escapar, há um guarda armado atrás de cada porta. Não pode escapar, há uma cova embaixo dos seus pés. Você mesmo ajudou a cavá-la. ¿Não se lembra das madrugadas em claro e dos *armadillos* devorando os cadáveres? A vigília devorou seu cérebro. Não pode escapar, há um rosto atrás da sua máscara. E atrás do rosto existe uma paisagem desértica. As abelhas de língua curta não são capazes de alcançar as flores profundas. Não pode escapar, seu corpo abriga um campo minado. Não pode escapar, a tua cama tua carne não será refeita enquanto a guerra não exterminar os inábeis. Não pode escapar, mesmo que fuja a galope. Não pode escapar. Há uma ninhada de ratos no forro e é evidente que não tem coragem de matá-los. Não precisa me enganar, eu já te vi protegendo outras ninhadas. Não se envergonhe, existem afeições piores. Xiiiiiiiiu! Fique quieto!

Podem te ouvir. Eles não precisam escutar seu escarcéu. Apaga a luz. No escuro ninguém te vê. No claro ninguém te escuta. Não espere aprovação mundana ou espere sentado. Se andar com cuidado não vão reparar que carrega um velório dentro do seu corpo. Eles não se importam que terá de exumar um filho que viveu por poucas horas. ¿Como pode ambicionar que outro enxugue suas lágrimas? Não seja tão arrogante! ¿Não enxerga o absurdo do seu pedido? ¿Que outra língua poderia absorver o sal das suas lamentações? Ninguém pode ser responsável por suas mazelas. Deseje apenas que o seu vizinho seja capaz de matar os próprios demônios. Pode ter certeza que poucos terão essa capacidade. Olhe bem ao redor! Parece não enxergar o óbvio! Veja o estado de sofrimento dessas criaturas. Preste atenção primeiro nos animais domésticos, esses mesmos que você ajudou a capturar, perceba o mal que os homens fizeram a eles. No entanto, eles continuam lambendo as mãos dos seus carrascos, não queira ser igual a eles, tenha um pouco de dignidade. Agora desvie o olhar e veja, esses são os homens que deitam, peidam e roncam ao seu lado! Repare como eles nem olham para o lado ao coçarem o saco. Além disso, centenas deles foram duplicados durante a gestação, univitelinos, por sorte, alguns foram gerados em óvulos distintos, têm a mesma idiotia, mas com um rosto diferente, o que ajuda um tanto. Pelo menos vemos a tolice através de um nariz, queixo ou orelhas singulares. ¿Você acha mesmo que eles podem salvá-lo da condenação? Olhe como eles se contentam em cutucar as narinas enquanto bocejam. Tiram as casquinhas e colocam embaixo do colchão. A maioria não vem de manicômios, em relação a isso não precisa se preocupar, eles são alienados mansos, um bando de ovelhas despeladas. Passam o tempo contorcendo o rosto e fazendo caretas quando não são observados. Outras vezes, quando não são observados simplesmente dormem, porque não sabem lidar com a solidão. Também olham para o espelho e brigam com a própria feiura. Eles dormem abraçados aos seus urinóis. Eles sonham sonhos terríveis. Eles mijam enquanto sonham. Sinta o cheiro que exala de suas botinas. ¿Você seria capaz de confiar em algum deles para intubá-lo? Eu confiaria com mais afinco no meu cachorro de estimação. Esses homens não passam de bonecos articulados. Assim, de perto, até parecem seres normais, criaturas inofensivas que arrotam e assoam os narizes. Não passa de um disfarce. Repare bem, eles estão com as faces encharcadas. Eles são tão frágeis que não são capazes de conter as próprias lágrimas. ¿Não é engraçado que depois da ferroada a abelha tenha hemorragia e perca os órgãos? Nem por isso ela deixa a presa escapar, talvez porque não seja dotada de pensamento. Alguns homens também passam longe da racionalidade. Você não pode fazer nada, dê graças a Deus pela sua incompetência em ajudar. Lave as mãos. Estão todos presos no mesmo tipo de caverna. Estão todos presos no mesmo tipo de agonia. Cuspa. Não se culpe pelo fracasso. Você não escolheu e nem poderia. Levante logo essas calças! Esqueça que não tem uma mulher para sussurrar segredos no ouvido, se tivesse desejaria não a ter. Esqueça que não tem um amigo confidente, se tivesse já o teria decepcionado. Talvez teria contado segredos inconfessáveis. Esqueça que não tem um filho para eternizar a sua desgraça, se tivesse possivelmente o estaria surrando a essas horas. Multiplicar não o salvaria da agonia de existir. Veja o exemplo das mulheres, parem feito cadelas e vivem chorando pelos cantos. Exibem sem orgulho os olhos inchados e rugas de preocupação na testa. Multiplicar não salvou nenhum homem antes, nem a paternidade nem a escrita desenfreada, as duas coisas eram igualmente estéreis, um anestésico passageiro. Talvez servisse apenas para te distrair por uns anos. Começaria admirando a barriga esparramada da mulher, depois andaria quilômetros para satisfazer um desejo da grávida. Assistiria a agonia do parto. Se convidaria para o primeiro banho do rebento. Ficaria bobo com o riso banguelo e com as primeiras sílabas pronunciadas. Perderia tempo preparando uma ou outra refeição ao seu primogênito. A troca de fraldas testaria a sua paciência e a sua resiliência em lidar com a merda alheia. Inventaria poses e flashes para o álbum de recordação, provavelmente a escolha das fotos perfeitas levaria alguns anos e aumentaria o grau da sua miopia. Se distrairia vendo o seu rebento brincar no jardim da infância, maltratando uma ou outra criança tonta. Isso te traria um certo alívio. Não colocou filho no mundo para ser saco de pancada. A criança estava crescendo rápido e já não te exigia tanta atenção, teria de se importar mais com os próprios afazeres. Voltaria a pensar na escassez da vida. Sim, porque inevitavelmente a miséria bateria a sua porta. A desgraça de ser é que vira e mexe nos lembramos do que somos. Nossa amnésia é temporária. Nada pode nos contentar. Somos uma espécie insatisfeita. Alguns comem até vomitar, outros fecham a boca e dispensam qualquer tipo de alimento. Não queira arranjar um motivo sublime para a sua existência, desista. Eu poderia tentar te consolar, dizer que é um homem normal, um bípede entre outros bípedes, um macaco entre outros macacos, no entanto, não creio no conceito de normalidade. Já vi homens que dotados de dois narizes respiravam pela boca. E homens que tendo duas bocas falavam pelos cotovelos. Posso apenas afirmar que não é o único sustentado pelas neuroses. Se você ambiciona mesmo ser feliz verá que é uma tarefa bastante simples, embora poucos até hoje tenham conseguido. Observe bem o seu povo, com certeza encontrará desgraças maiores do que as suas. Perto dos outros o seu fardo parecerá mais leve. Vamos, olhe mais um pouco, não tenha medo. Não tenha vergonha de comparar as desventuras, todos fazem o mesmo. Veja a pança daquele, muito mais desproporcional do que a sua, perto dele parece um lorde inglês. ¿E a corcunda daquele um pouco mais a frente? ¿E aquele de casaca em frente ao mictório? ¿E aquele outro com o óculos fundo de garrafa? Se observar com cuidado verá que o mundo não passa de um circo de aberrações, de pequenas monstruosidades. Não é o único que cheira a própria merda. Espere e a plateia logo te aplaudirá. Calma, não precisa fazer nenhum truque impressionante. Não reflita em demasia, o segredo da alegria é se contentar em boiar na superfície. ¿Veja aquele rebanho, consegue enxergar um homem triste ali? Não me refiro ao rebanho de ovelhas, me refiro ao rebanho de homens. Se insistir em carregar pedras no bolso do casaco afundará rapidamente. Aperte parafusos. Sim, deve fazer isso, apenas isso por horas a fio. Não dê asas a sua imaginação, foi por causa de homens como você que chegamos a este lugar inabitável. Sim, se tivesse se conformado em realizar tarefas simples sem se questionar não estaríamos aqui, não lamentaríamos a própria sorte, sequer saberíamos que éramos infelizes. Se não fosse por homens como você ainda estaríamos empurrando nossas carroças, cansados e felizes, talvez preocupados com a fome. Sim, somente isso nos moveria, nossas vontades fisiológicas. No entanto, alguém fez questão de escarafunchar o fruto proibido. Continue, ainda há muitos parafusos frouxos por aí. Vamos, coma a carne e jogue os ossos aos cães. Embora esses cães não passem de uns carniceiros, eles merecem os seus restos. Não pense que os vivos velam por muito tempo os seus mortos. Eles choram o suficiente, apenas o suficiente, nem mais nem menos. Depois enxugam as lágrimas e vão procurar o que fazer. Eles sempre acham o que fazer. A vida não para, é o que dizem. A roda gira e esmaga os despreparados. Vamos, erga esse pescoço e siga em frente. Você não é especial, você é como todos eles, caga e fede igual. Se estivesse morto seria jogado numa vala comum. Pense, poderia ser bem pior! ¿Imagine se todos os outros fossem felizes e você chafurdasse sozinho na lama? Ao menos faz parte de uma histeria coletiva. Não parece ser uma grande vantagem, mas acredite, é! Se os peixes respirassem fora da água não haveria mistério algum, no entanto, temos de nos contentar contemplando os aquários. Não procure pelo em ovos. Se quiser sobreviver faça como eles, recolha os ovos e mate as galinhas que dormem dentro do ninho. Também não procure chifre em cabeça de cavalo. Estamos à míngua. Ninguém pode se responsabilizar pela fome de nossas bocas. Não peça ajuda a quem não pode ajudar. Não confie nem nos amigos mais próximos. Amigos são os dentes. Quando a fome se tornar insuportável mastigue um pedaço da língua. Não espere que outro lhe estenda a mão e lhe ofereça alimento. Nunca fomos uma nação solidária. Nada mudou. Uma pandemia não é suficiente para nos abraçarmos feito velhos camaradas. Recorde da fila do mercado, do sumiço dos alimentos das prateleiras, dos estoques apodrecendo na despensa do seu vizinho. A miséria não deixou os homens mais benevolentes, pelo contrário, aguçou sua fome. Se for esperto pode se distrair catando os piolhos da sua cabeça. Vejo que tem uma cabeça grande, levará bastante tempo nessa tarefa. Faz bem em não tentar impedir a catástrofe, apenas os idiotas têm essa ideia fixa de onipotência. Os outros sabem que mais vale a inação. Deite e espere. Tire a roupa. Bata uma punheta. Acenda um incenso ou uma vela de sete dias. Bata outra punheta. Não pode exterminar nem as pragas domésticas que destroem o seu jardim. Lá fora há um exército de formigas comendo as folhas da sua melhor árvore. Não pode fazer nada. Nada, o seu único consolo é o autoprazer. Feche os olhos e bata outra punheta. Não perca tempo com a mesquinharia alheia, não vale a pena, chore pelas suas próprias desgraças. Isso pode parecer pouco, mas logo verá que te consumirá a vida inteira. Quando menos esperar estará procurando uma frase de efeito para a sua lápide. Provavelmente ninguém perderá tempo lendo a sua lápide, assim mesmo se sentirá consolado sabendo que um pedaço de pedra fala no lugar da tua boca. Quando vivo também poucas pessoas pararam para escutar os seus discursos. A morte poderá trazer algum alívio para os seus crimes, mas continuará tão invisível quanto antes. Poderá continuar caminhando pelas ruas dando petelecos nos narizes dos homens distraídos, eles continuarão te ignorando. Nada mudará.

Deveria imitar a sabedoria dos coveiros, eles se preocupam apenas se a pá poderá ou não penetrar a terra. E a terra devora um corpo em apenas uma noite, numa só dentada. Não queira estar lá quando isso acontecer. Não seja tolo, não se preocupe com pequenas lacerações sobre a pele, logo essa pele será revestimento de ninguém. Logo não poderá encher a boca para dizer EU. Eu se tornará um pronome abstrato. Logo será amigo das almas penadas. Logo não precisará das navalhas para cortar os pulsos. Você será sujeito passivo na boca de outros. Enquanto ainda está aqui se dedique a encontrar alguém para cuidar do seu jazigo, plantar o jardim em cima do seu corpo inerte. Ao menos as flores nascem fortes sobre os túmulos, ao menos as flores não falam. Mas, ainda não chegou a sua vez, você é só um visitante. Não se deixe abater. Urubus não comem carne fresca. Se antes não tinha nenhuma distração, agora pode visitar seus mortos aos domingos. Sim, melhor que seja aos domingos, porque durante a semana terá de fingir uma eficiência que não tem. Fingirá alegria ao bater o ponto num trabalho inútil. Fingirá que vê alguma utilidade nesse mesmo trabalho diário e enfadonho. Fingirá que espera pacientemente por uma promoção. Fingirá que depois da promoção estará satisfeito. Vamos, se conforme, não há espaço para corpos ornamentais. Deus tira, Deus dá. Deus tira, Deus dá. Existe na vida uma contabilidade invisível, não tente entender. Você não seria capaz. Aliás, a compreensão não evita que o tombo aconteça. Não crie expectativas, essa é a frase preferida dos humanistas. Acorde como todos os dias, lave o rosto, escove os dentes, tire o lixo do banheiro, tome seu café, veja se as suas sementes vingaram, olhe pela janela do quarto para verificar se o dia está nublado ou ensolarado, assim pode programar melhor suas atividades, abane com a cabeça para cumprimentar os vivos, visite seus mortos. Depois prometa uma visita aos vivos, mesmo sabendo que jamais cumprirá a promessa, um dia eles também morrerão. Pode se vestir como se fosse a uma reunião solene, sem luxo, mas com elegância. Quem sabe aquela camisa azul-marinho que nem tirou a etiqueta ou aquela outra que comprou e nunca teve coragem de usar. O traje faz do homem um animal distinto. Olhe para você! Jamais te confundiria com um cão de rua. ¿Conhece quantos cachorros de terno e gravata? Talvez falte um chapéu, sim, um chapéu te cairia bem. Sem luxo, porém, com elegância. Antes pode passar na floricultura e comprar um arranjo que nunca pensou em ofertar. Estava sempre guardando moedas, nunca quis gastar um tostão furado com os seus. Aos mortos não se faz economia! Todos os gastos são justificáveis. Não precisará mais apagar o cigarro ao chegar em casa nem disfarçar o cheiro de álcool nem forçar trejeitos para parecer mais simpático, poderá trazer a amante para jantar. Poderá mudar o papel de parede, colocar um bidê no banheiro, ninguém alegará que é cafona ou fora de moda, poderá escolher o cardápio ou servir o que der na telha. Ninguém liga mais para o seu paladar. Na verdade, ninguém nunca ligou para o seu paladar. Agora você está no comando. Ou parece estar, a realidade não importa, importa é desempenhar o papel com eficiência. Vinho tinto combina melhor com carne vermelha vinho rosé com carne branca. ¿Ou seria o contrário? Poderá contabilizar os lucros e tomar conta do inventário. Terá que desembolsar um bom dinheiro para o inventário. Melhor ainda se não tiver acumulado nenhum bem, evitará dores de cabeça com advogados e burocracias. ¿Para que trabalhar tanto? Não se leva nada para o caixão. O dinheiro que juntou foi por puro tédio. Confesse! Não quis ficar sozinho tempo o suficiente e ser engolido pelas próprias neuroses. Não finja que se matou de trabalhar pensando no bem de seus descendentes. A verdade é que o ócio te lembrava da devastidão da vida. Não é hora de brigar com os parentes por conta das dívidas funerárias. Deixe isso para outra ocasião, quem sabe as festas de final de ano ou no dia de ação de graças. Não precisará mais se preocupar em angariar amigos para contar suas fraudes, lamentar seus infortúnios, chorar pela mulher que te abandonou. Invariavelmente as mulheres irão embora, se tiverem um pingo de amor próprio. Nenhuma mulher é capaz de se deitar por muito tempo ao lado do seu carrasco. Não precisará mais tirar o pó dos livros, pode jogá-los fora. Sim, jogue-os todos no lixo, eles serviam apenas como uma distração para os dias frios. Se te causar pena, antes de queimá-los arranque os melhores poemas, dois ou três quem sabe sejam suficientes, não escolha nenhum de amor, são os piores, escolha os poemas sociais, sim, todos têm uma crítica interessante sobre o mundo, embora ninguém tenha feito nada para consertá-lo. E se alguém se dispusesse ferozmente a fazê-lo com toda certeza não alcançaria nenhum êxito. Os homens continuariam morrendo desiludidos nas portas das tabernas escuras. Os mortos continuariam chorando de saudade dos vivos e os vivos continuariam enterrando indiferentes seus mortos. Você com certeza não está preocupado em solucionar os problemas sociais ou acabar com a fome dos desvalidos, no entanto, a arte assim destacada da vida até te causa certa comoção. Tenho de confessar que também já me comovi muitas vezes com dois ou três poemas. Você realmente pensa em mudar o mundo depois de ler quatro ou cinco versos, contudo, ao sentar no bar da esquina e acender um cigarro as suas ações de bondade se dissipam e o mundo volta a ser esse caos sem solução, logo, voltam seus pensamentos de misantropo e nem sequer tira algumas moedas para a gorjeta do garçom. Você sabe que qualquer ajuda é inútil, a humanidade não tem jeito. Ninguém pode negar que o coração do homem está repleto de boas intenções, o problema é que elas duram tão pouco que não são capazes de se transformar em ações. Mas, chega de digressão, voltemos aos seus mortos recentes. Aos mortos que ainda não foram engolidos nem pelo tempo nem pela memória. Afinal, agora você tem motivos de sobra para rir. Se antes não tinha nenhuma distração, agora pode contar as novidades aos defuntos da família. ¿Lembra que sempre reclamou que não era ouvido? Os mortos são excelentes ouvintes. E nem precisa se atentar às datas, eles são seres atemporais. Eles não se cansam nunca de escutar sobre suas histórias genealógicas e sobre o heroísmo de seus descendentes. Pode contar sem medo sobre seu último caso, sobre a pilantra que te roubou a carteira e o deixou pelado e sem dinheiro num hotel vagabundo de beira de estrada. Também gostam de escutar sobre as desgraças que assolam os vivos, sabem que almas penadas estão em uma zona de conforto, não podem ser atingidas. Há certa graça em imaginar que os vivos ainda estão lá, remoendo suas agonias, se debatendo, enquanto descansamos debaixo da terra batida. Afinal, foram vivos um dia e jamais desejariam voltar a essa triste condição. Muitos se recordam como se fosse ontem as traições de seus cônjuges, a perda de emprego, o filho ingrato, a sogra jararaca, a amante suicida, o Zé do armazém que roubava no troco ou na pesagem do presunto. Provavelmente hoje são seres evoluídos e não voltariam a essa dimensão ridícula, embora sintam alguma saudade do café, das tardes frescas e do menino que joga pedras nas vidraças. Vamos, não precisa se despedir, eles estarão no mesmo lugar amanhã. Não me encare assim, franzindo a testa. Você não é melhor nem pior do que ninguém. Se olhar para trás avistará outros tantos infelizes como você. Essa cara decerto herdara do seu pai. Eu sou o pai do seu pai do seu pai. Sim, você não sabia e isso não tem importância alguma, não imaginei que tivesse herdado os genes da inteligência, já te adivinhava assim, meio mongol. Não tem sangue bom, você não tem culpa, as gerações que vieram antes... bem, não quero falar sobre isso. Assim mesmo não me enjoo e até vejo certa vantagem em nosso parentesco. Se não me engano temos um ancestral em comum. Olhe para o seu nariz, olhe para o meu nariz. Olhe para a sua boca, olhe para a minha boca. Se não fosse os dentes... Não existe originalidade nenhuma em meu discurso, falo essa mesma língua assolada há séculos. Não exija que eu faça acrobacias no ar ou tire coelhos da cartola. Não tenho nenhuma habilidade circense. Não conheço nenhum truque espetacular. Nenhum homem conhece. Alguns fingem. No entanto, quase todos os homens se contentam com a vulgaridade. Julgamos que somos melhores do que os asnos porque pensamos, contudo, não sabemos o que fazer com esse monte de ideias estapafúrdias que nos perturbam a mente. Um asno come, bebe, defeca e carrega sua carga. Os homens inventam números e quilogramas para calcular o peso da carga que não são capazes de carregar. Nem sequer consegui inventar um neologismo decente, uso essa carga semântica falida, esses mesmos traços, esses mesmos símbolos trágicos, que já carregaram e fecharam milhões de túmulos. Piso os pés sobre essa mesma terra que já enterrou milhões de corpos. Como a carne do porco pendurado durante séculos no matadouro. A única diferença é que agora inventaram um tal de abatedouro humanizado, isso mesmo, os homens generosamente permitem um tratamento de primeira antes da matança, os porcos continuam morrendo como antes, mas agora os homens têm suas consciências limpas. Nem por isso a carne está mais tenra, ela não se desmancha fácil na minha boca. Se tiver paciência, observe minhas mãos, verá que elas têm juntas dez dedos. Há milênios nos contentamos com dez míseros dedos. Um ou outro homem, devido a algum defeito genético, pode apresentar uma variação. Todos os outros têm dez míseros dedos. Se eu pudesse entoar uma canção o faria, mas são as mesmas batidas. Nada muda. As árvores que vê agora foram originadas das mesmas árvores que morreram séculos antes, a mesma semente, os mesmos galhos retorcidos, as mesmas pragas sobre os troncos, os mesmos musgos, os mesmos homens em novas roupagens. Nada muda. O cachorro continua correndo atrás do mesmo rabo. Os gatos continuam enterrando satisfeitos suas merdas. De tempos em tempos algum filho de família abastada se desvirtua e se torna criminoso. Algumas árvores continuam morrendo apesar de serem bem adubadas. As mulheres continuam parindo e rejeitando suas crias. Os urubus continuam comendo sem culpa seus cadáveres. Noite e dia somos enrabados e ainda assim persistimos. Não posso responder pelo que digo, existe um fantasma que fala pelos meus orifícios. Somos dia e noite vigiados pelas almas penadas. Elas conhecem cada centímetro quadrado dessa terra. Não pense que pode enganá-las. Elas estavam aqui muito antes de você. Eu não as temeria, apesar de saberem atravessar paredes são quase inofensivas. Feche a boca ou engolirá mais sapos do que pode digerir. Se tiver sorte suas mandíbulas sobreviverão à fúria da noite. Se tiver um pouco de estômago talvez não morra tão cedo. Não dê atenção à vizinhança faminta, desvie os olhos, finja não ver. Não alimente as bestas, elas não reconhecerão seu rosto. Se encontrar um balão de oxigênio guarde-o em segurança, provavelmente vai necessitar dele em breve. É preciso se esconder enquanto seus pulmões ainda estão cheios de ar. Se andar de uma cerca a outra perceberá que já findou a sua temporada no inferno. Também não se deixe iludir pelo amor, o que ele dá com uma mão, retira com duas. Já vi muitos homens saírem com as cabeças sobre uma bandeja. Não existe salvação, estamos num país de condenados. Não se engane, não são seus conterrâneos, estamos cercados por estrangeiros. Se tiver um olhar atento perceberá que seus traços não se assemelham aos traços de ninguém. Esse é o princípio da tragédia. Não subestime seus demônios, eles serão suas únicas companhias. Um carrapato pode ser confundido com um solitário, contudo, ele tem o sangue do hospedeiro para lhe fazer companhia. Porém, eu não sou nem o cavalo nem o carrapato nem a sombra, sou um filhote agonizante de animal vago estrábico conhecendo a morte. E a morte é parecida com um homem de parafusos frouxos. E ninguém está seguro perto de um homem. Se você se sente seguro é mais idiota do que imaginei. Mas, tudo bem, sempre estive cercado de idiotas por todos os lados. ¿Quantos homens foram degolados pelas mãos de outros homens? A sombra da morte me encarava. Observei que ao lado do caixão tinha uma rosa vermelha. Apesar dos infortúnios, a beleza nos rodeia. Não fiquei sisudo nem bati continência, deixei que ela passasse por mim como se não a conhecesse de outros carnavais e não soubesse de sua importância. E de fato não conhecia sua importância. Só viria reencontrá-la anos e anos mais tarde. Como podem supor, ela chegou de forma inesperada. E ela vestia uma gravata borboleta. E de novo ela não me impressionou. O melhor era encurtar conversa. Já tínhamos conversado demais. O diálogo serve apenas para afiar a língua dos imbecis. Não me apavorei. Quem não fosse capaz de suportar a desgraça que saísse de perto. Não havia mal em se esquivar da realidade. Afastei a cadeira e sentei calmamente a sua frente, dei uma leve cruzada nas pernas, embora achasse esse gesto um tanto pueril. A morte não me assustava, assim que aprendi a balbuciar tive consciência que ela andaria no meu encalço. Um gato assombrava a rua. Assim, de longe, pareciam dois, e se lambiam. Eu sei, parece ingratidão, tanta gente doente e eu desejando uma morte voluntária. No entanto, é a mais pura verdade, não temo a morte. Ela nunca me incomodou, pelo contrário, sentia um certo alívio, sabia que poderia chamá-la em último caso. Apenas homens felizes temem a morte e nunca conheci um homem feliz, nem mesmo os mentirosos. Os homens do meu tempo eram baixos, insones e taciturnos. De alguma forma todos já tinham descarnado a vida, estavam prestes a roer o osso. Alguns, por ociosidade, eram apreciadores de vinho. Outros, colecionavam rolhas. Sim, rolhas. Se fechássemos os olhos provavelmente passariam despercebidos. A tristeza não é ruidosa, é silenciosa como leite fervendo. Eram facilmente confundidos com animais de pequeno porte ou até mesmo com animais de estimação. Embora poucos teriam a capacidade de se tornarem grandes cães de guarda, tampouco serviriam para distração de seus donos. ¿Mas, quem precisaria de um cão de guarda para vigiar as portas? Há muitos anos as casas se encontravam vazias. Se espiássemos pela fechadura veríamos as suas costelas famintas. Na ilusão de se alegrarem alguns viraram poetas, outros romancistas e outros loucos. Esses homens jamais morreriam por amor nem entregariam voluntariamente seus corpos para o estudo da medicina, mas matariam facilmente se lhes fosse prometido em troca do homicídio a sentença perfeita. ¿Que outra distração a vida poderia oferecer a não ser se definhar imitando a própria vida, produzindo uma ou outra cacofonia? ¿Que bicho não sonharia com o destino dos homens? ¿Qual cachorro não deixaria de lamber a bota do dono para se preocupar com datas e calendários? ¿Podia soar inútil passar o tempo entre memórias e registros, no entanto, todas as outras tarefas não eram igualmente inúteis? Também poderia me distrair parado esperando a chegada dos asnos. Se a roda pudesse ser reinventada provavelmente eu não morreria de tédio ou quem sabe demoraria mais tempo para carregar as pedras e assim gastaria minhas horas. Entretanto, nada mais poderia ser inventado, estávamos cercados por todos os lados de objetos frívolos e ociosos. Era possível passar horas apenas catalogando os objetos espalhados pela casa. Olhe aquele peso de papel desmaiado sobre a escrivaninha. Não serve a nada e a ninguém. Ao menos os objetos, por sua inabilidade em ser útil, acumulavam poeira, por sorte inventaram o espanador. O espanador me livrou muitas vezes da desgraça da existência. O espanador e os livros, não porque os lia (Deus me livre! Arrepio só de pensar!), mas porque, assim como os objetos sem utilidade, me distraía tirando a poeira que se acumulava neles. De todas as criaturas moventes, somente os loucos obtiveram êxito total em seu propósito de abstração. Com louco não se brinca. Menino dizia que não se abre a cova antes de saber as medidas do morto. Vivo cabe em qualquer buraco, morto não. Morto era bicho exigente. Por vezes, dobrava, triplicava de tamanho. Outras vezes, dava na veneta de se espreguiçar depois de enterrado, fazendo com que a cova se alargasse e incomodasse o defunto ao lado. Quando nada disso acontecia, alguns simplesmente deixavam a cova e se enfiavam na cova da amante. ¿E como explicar o fato à viúva mantendo a memória do salafrário intacta? O negócio era pensar nos pormenores, para não ter de refazer o trabalho. Menino tinha experiência de sobra, enterrara mais de dez mil. Eram tempos difíceis, a morte se tornou regra e não exceção, já não era coisa de velhos. A morte se tornou atemporal. Cada vivo conhecia ao menos três mortos de sangue. Os parentes pouco a pouco se tornavam lembranças vagas. O que mais se via eram irmãos brigando para saber quem se encarregaria das dívidas deixadas pelos seus mortos. Os mortos, por sua vez, sentiam-se aliviados por não terem de voltar de suas covas e dar conta dos carnês vencidos. Morrer tinha lá suas vantagens. As pessoas marcavam encontros usando os defuntos como régua, não falavam mais antes ou depois da chuva, diziam, nos encontramos depois da missa de sétimo dia de fulano ou sicrano. Os mortos se revezavam entre as famílias, não havia nenhuma que não tivesse um ou dois defuntos recentes. Ninguém precisava castigar ninguém desejando a morte, ela viria rápido para todos. Irmão quando queria praguejar outro irmão rogava que fosse enterrado em vala comum. As amigas já não se despediam sem pesar, não sabiam ao certo qual das duas seria levada para o além primeiro, cada encontro poderia ser o último. Os homens apodreciam e a terra germinava. A terra germinava e os homens apodreciam. A ordem dos fatores não alterava a sentença final. Menino não cansava de repetir: o destino dos homens sobre a terra era mais encardido do que a dos homens a sete palmos dela. Toda vez que ele repetia isso me sentia sufocado. Me faltava o ar. Durante anos sonhei o mesmo sonho: acordava de repente dentro de uma cova funda e tentava sem sucesso abrir o caixão. Me apavorava a ideia de ser enterrado vivo. Alguns falam que esse é um sonho bem comum, talvez faça parte da memória coletiva ou quem sabe lembrança de mortes passadas. De qualquer forma acordo apavorado e suando frio. Talvez seja uma preparação para a morte, quem sabe a morte seja isso, uma espécie de sufocamento. Depois de poucos minutos percebo que estou pelado e em cima da cama, isso me acalma, porque sei que os defuntos são enterrados com suas melhores roupas. Me ajeitei, assim ele não me confundiria com um cadáver. Afinal, eu não era um cadáver. Eu tinha um par de olhos, o hálito fresco e ouvia tão bem que qualquer morto me invejaria. Uma mosca pousava gentilmente na minha pálpebra, contudo, eu não era um cadáver. Eu estava magro e tinha olheiras fundas de sinusite, mas longe de parecer cadavérico. Além disso, não trajava um terno. E todos sabemos, morto que se preza exige ser enterrado de terno e gravata. Pisquei os olhos mais vezes do que o necessário, mortos não piscam, quando mais eu me dava conta deste fato, mais rápido eu piscava. A mosca não gostou da minha insistência e resolveu me abandonar. Me senti um tanto aliviado. Ver me colocava em uma posição de destaque. Abri a boca e tirei um fiapo de carne que tinha ficado entre os dentes e me atrapalhava o sorriso. De qualquer forma era um feito desnecessário, uso pouco meu sorriso. Ele estava certo, cada qual tem suas medidas quando vai para o além. Ninguém descansa numa cova que não tenha sido feita de acordo com as suas medidas. Ainda não tinha tirado as minhas, muito menos previa o tamanho da cova, era serviço alheio. Não tinha cabeça para me preocupar com isso. No entanto, todos os dias acordava cedo, alimentava o meu cavalo, trançava sua crina e montava na sua sombra. Isso não me fazia mais feliz, me fazia ordeiro. A ordem e a burocracia têm evitado a morte precoce de muitos homens. Nada mais eficaz para adiar o suicídio do que colocar a máquina burocrática em funcionamento. ¿A vida não te parece um roteiro de filme barato ou uma repetição ordinária de fatos ordinários? ¿Não é isso que um homem deve fazer? ¿Alimentar seus demônios para que eles não o devorem? Devemos agir com cuidado quando não estamos sós e nós nunca estamos sós. Basta colar o ouvido na parede e você saberá sobre o que eu falo.

Uma noite deitei no chão, certo de que estava desacompanhado, quando acordei na madrugada outro ocupava o meu lugar na cama e ele tinha o meu rosto, tão igual a tantos outros rostos. Não me reconheci. O excesso de vaidade me fez demorar para me identificar com um homem um tanto corcunda e grisalho de meia idade. O outro é sempre um retrato perverso de nós mesmos. Disfarcei e coloquei um espelho na frente do homem com a minha aparência, o espelho não refletiu. Eu não sabia o que aquilo queria dizer, mas me senti em vantagem. Eu era de carne e osso, eu era matéria palpável. Logo em seguida, vi que a vantagem era dele, jamais se assustaria com a decadência da sua face. Pensei na perfeição dos animais que não se assustam com o seu reflexo no espelho. Sim, soa estranho, mas existem animais assim. Alguns bichos permanecem tranquilos em frente da própria desgraça. Acabei me lembrando dos peixes que não suportam viver com outros de sua espécie. O homem é a única criatura que esperneia diante da própria imagem. Um gato se olha no espelho e se reconhece, contudo, dá pouca importância a esse fato. Se você não é capaz de enxergar a verdade é melhor furar os próprios olhos. O homem mira o espelho e bate o pé feito uma criança de cinco anos. Não pode encontrar satisfação na própria face, tampouco na face alheia. Observo o espelho e agora sou quatro, um que reflete e dois invisíveis. O homem não pode ser feliz sozinho, também não pode ser feliz acompanhado. ¿Você é capaz de imaginar castigo maior do que este? Eu não sou capaz. ¿Que Deus seria tão perverso? Eu não tinha uma companheira, se tivesse a teria facilmente perdido para esse homem que veste descaradamente o meu rosto. Esse homem que se finge de mim, que comporta todos os meus demônios, mas que não sou eu. Esse duplo que pigarreia e me recorda que o homem se reconhece nos gestos cotidianos mais ridículos. Felizmente me livrei do desgosto de perder para um oponente que era tão fracassado quanto eu! Sofreria muito mais se tivesse que lidar com o abandono. Quem nunca teve jamais poderá perder. Não me senti enjeitado. Não era mais interessante nem mais charmoso do que eu. Desgraçadamente tinha exatamente os mesmos defeitos, até uma unha que não nascia no dedo mindinho do pé esquerdo. Não era nem mais bonito nem mais feio e por isso mesmo me parecia uma grande ameaça. ¿Como escolher entre dois homens totalmente iguais? As mesmas qualidades, os mesmos defeitos, as mesmas sardas, os mesmos crimes. Qual seria a minha vantagem nessa disputa? Não havia, definitivamente o aleatório comanda a vida. Tudo não passava de um jogo de dados. Não se engane. Nunca estamos sós. Donana era tão larga que provavelmente escondia mais duas dentro de si. Eu era magro, porém quatro seres distintos habitavam confortavelmente o meu corpo. Assim, era bem comum eu demorar dias para chegar a um consenso. Gorda e grande. Essas são as impressões mais fortes que guardo daquelas horas. Os ponteiros anêmicos do relógio analógico derretendo dentro do bolso, o barulho do mar perdido em algum continente, os ossos descalcificando dentro da morte, o suor tragando o dorso do burro sob a sela, a aspereza da língua felina, o tédio do cão doméstico (que por falta de adestramento come a roupa do dono), o peso quase insuportável do caixão e o sol comendo meus miolos. Olhei para o caixão e pensei: só existem dois tipos de homens sobre a face da terra, os entediados e os mortos. Eu preferia os da segunda categoria, desde que não fosse obrigado a suspender e velar seus corpos. Não deveria haver enterros nas tardes quentes. Os mortos fedem rápido em dias assim. A morte poderia esperar por um dia mais ameno, um dia que fosse possível usar terno, pulôver e meias de algodão. Ninguém morre de véspera, era só o que eles repetiam, não cansavam de repetir: ninguém morre de véspera. E eu só conseguia pensar o quanto havia de esperança nessa frase. Ninguém morre de véspera. Os porcos pendurados nos ganchos dos abatedouros. Ninguém morre de véspera. As flores das coroas estavam murchas, não aguentaram a quentura. Meu corpo estava empapado de suor. O suor escorria entre minhas nádegas. E eu tinha uma vontade incontrolável de soltar uma das mãos do caixão e coçar o rego. Ninguém repararia se enfiasse a mão na bunda e coçasse o cu, estava tão quente que cada um se preocupava apenas em se manter em pé. Uma perna raspava na outra e a cada passo ficava mais incômodo. Queria fumar, mas era impossível manter uma brasa na boca. Espero morrer no inverno. Não vejo cabimento a pessoa se extinguir justamente no verão. Um bando de urubu rondava o céu. Todos esperavam por uma migalha da morta. Em tempos de miséria tudo se aproveita, até mesmo os restos de uma velha avarenta. A morte não tem faro, recolhe qualquer merda. Olhava para a cara de Donana e ela parecia se divertir as minhas custas. Vamos, moleque abobado, acorda para cuspir. A boca formava uma meia lua, evidentemente um riso de escárnio. A morte levou as rugas embora, parecia um boneco de cera gigante ou a boneca inflável de um pervertido. Pensar nisso fez o meu pau encolher dentro das calças. Menino tonto, carrega direito esse caixão, se não se comportar te dou uma sova e ainda conto tudo ao seu pai. Ele vai correr atrás de você como cachorro atrás de galinha. Eu não era mais criança, mas ela sempre se referia a mim como um moleque endiabrado, embora eu nunca tenha sequer esmagado uma barata. Era mesmo uma fofoqueira, não duvido que fosse se queixar de mim ao meu pai. Ele estaria disposto a escutar qualquer blasfêmia sobre mim. Fecharia a cara e tiraria o cinto das calças em sinal de alerta. Meu pai acreditaria, ele sempre encontrava algum motivo para descontar sua raiva. Saco de pancada, era isso o que eu era. Vira homem menino, se continuar assim vai virar um marica. Não coube em um caixão convencional, tiveram que fabricá-lo às pressas, ninguém imaginaria que um dia ela morresse. Dava nó até em pingo d'água. Todos do povoado juravam que ficaria para semente. Costumavam dizer que era imorrível. Estavam enganados. Donana fizera questão de engordar o quanto pode nos últimos anos, sabia que assim ninguém esqueceria do tamanho da sua presença. Macaca velha. Talvez tivesse a falsa esperança de que com o peso monstruoso a terra não fosse capaz de abocanhá-la. Eu e mais cinco homens carregavam o seu caixão, no entanto, a carga era tão descomunal que uma das alças quebrou, fazendo com que todos perdessem o equilíbrio e deixassem o corpo cair. Um pequeno abalo sísmico atingiu o povoado. Esparramou feito uma gelatina. Não nos sentíamos culpados com isso, poucos teriam nossa coragem. As suas roupas ficaram sujas e amarrotadas. O corpo ficou semelhante a um bife à milanesa. A sua cara também parecia um tanto amarrotada. ¿O que faríamos com a tartaruga que ficou na casa? Não sei, daríamos um jeito. Talvez não precisasse fazer nada, ela morreria sozinha, sem nenhum esforço, como morrem todos os animais menores. Provavelmente não sentiria falta da dona, tartarugas não parecem ser bichos afetivos, apesar de eu ter visto ela esticar o pescoço e oferecer a cabeça ao afago. Recolhi a mão, não dividia emoção com qualquer bicho. Demoramos mais de meia hora para ajeitar a defunta novamente e seguir o cortejo. Embora minha vontade primeira era não a recolher do chão, deixá-la ali para que as formigas comessem sua arrogância pouco a pouco. No entanto, os outros homens se mostraram mais coniventes com a morta. Menino bocó, bem que seu pai falou que não passava de um bobalhão mimado. ACORDA! Suspende essa calça! Segure direito essas alças! Só pode ter puxado a lambisgoia da mãe. Velha resmungona, isso que ela era. Nem depois de morta parava de ralhar. Deus faça que os ratos engulam sua língua comprida! E as baratas te façam companhia no purgatório! Um, dois, três, quatro, cinco, seis. Dava para contar nos dedos de uma mão. Alguns gatos pingados, o dono da mercearia, a benzedeira, um homem que se dizia padre e meia dúzia de curiosos. Ainda que contabilizássemos as sombras não havia jeito de encher a sala. Justo ela, o seu sonho era um velório lotado, em que as pessoas disputassem espaço para se despedir. Acho uma lindeza velório lotado! ¿Você não acha? Não achava coisa nenhuma, não gastava meu tempo pensando em bobagens. Além disso, o fim é uma ideia vaga, sou jovem, todos da minha família são centenários, não devo partir tão cedo, a longevidade corre nas minhas veias. Não perdia um enterro, dizia que assim garantiria uma morte farta. Se fosse mais simpática teria pena da sua sina. Donana fizera questão de morrer no dia mais quente do ano. O ventre estava enorme, tínhamos a impressão que estava prenha da humanidade inteira. No entanto, era só a gordura acumulada ao longo da existência. Loquinho vinha logo atrás e se pendurava no corpo da velha, deixando nossa obrigação ainda mais insustentável. A humanidade pode se extinguir, mas os loucos jamais se extinguirão. Acorda macaquinha, vamos, acorda macaquinha preguiçosa. Não seja boba menina para de brincar de morta vamos logo acorda coisinha feia vem correr atrás de Loquinho Loquinho está cansado de chamar vem vem logo macaquinha feia macaquinha danada se não pular logo daí vou te pegar de cinta. Loquinho era quase tão velho quanto Donana, mas tinha juízo de um garoto de cinco anos. Era engraçado quando uma criança habitava o corpo desgrenhado de um velho. Nossos sentidos ficam confusos, uma hora enxergamos uma criança birrenta, outra hora um homem demente. Loquinho confundia morrer com dormir, seu afeto era tão sincero quanto o dos animais diurnos. Os seus pensamentos eram tão leves que recordavam passarinhos, girassóis e beija-flores. Às vezes, sem querer falava alguma sapiência, o resto era só bobagem mesmo. Vamos, Loquinho, deixa a gente passar, sai de cima de Donana, ela quer dormir sossegada, vamos, sai de cima, prometo que daqui a pouco te compramos um pirulito, vai, se afasta um pouquinho, amanhã vocês brincam mais. Tentava a todo custo despertar a velha amiga, alternava doçuras e xingamentos, enraivecido por ela se dar ao luxo de um sono tão profundo em pleno sol a pino. A demência produz um afeto que os homens normais desconhecem. As outras velhas se negaram a participar do cortejo, tinham medo de espiar a morte e a morte resolver levá-las. Não seria improvável, afinal, já faziam peso sobre a terra há tempos, não seria estranho se, de repente, desencarnassem. Ficaram confinadas em suas casas, olhando a tragédia pela janela, como se a morte não pudesse atravessar suas venezianas. Quanto a mim, eu ainda era jovem, teria a vida inteira para construir minha mortalha. Meu pai não permitiria que eu morresse tão cedo. Disso eu tenho certeza absoluta. ¿Em quem descontaria o seu desafeto? Loquinho faleceu uma semana depois, dizem que seu coração parou, não suportou a dor da lonjura. Loquinho virou um bicho manso sem abrigo. Sem Donana por perto viver tinha perdido a graça. Não teve velório, abriram uma cova e depositaram o corpo, não tinha mais uma criança lá dentro brincando com seu chocalho, sem alma era apenas a carcaça de um homem decrépito. Um homem velho que nunca conhecemos. Um completo estranho. Um cachorro doente que perdeu a dona. Alguns choraram, outros deram graças a Deus, sem Donana ele era uma espécie de estorvo. ¿E quem se responsabilizaria pelo estorvo alheio? Quando escuto a palavra estorvo sempre me lembro de alguma espécie de pássaro como rolinha ou pardal. No entanto, estorvo não tinha asas, era mais emaranhado, talvez um tipo de ninho insólito. Logo a morte não era meu assunto preferido, mas a ornitologia, que acabava me remetendo aos ornitorrincos, os quais não tinham nada a ver com as aves, eram apenas mamíferos inusitados. Mamífero me lembra leite e eu nunca gostei de tomar leite, embora foi o que me salvou da desnutrição, quando fui expulso do ventre de minha mãe. Agora eu andava com minhas próprias pernas, não preciso mais da autorização materna. Retornei meu pensamento à desgraça finita de Donana. Dei graças a Deus que as coisas ruins também tinham fim. *Não há bem que sempre dure nem mal que nunca se acabe.* Poderia respirar aliviado. As moscas orquestravam uma música fúnebre. Não gostava nem de mortos nem de moscas. A morte tinha um som estranho, em desalinho. Morto é um corpo sem serventia. Acendi uma vela em homenagem à defunta, todos mereciam um livramento. Até mesmo uma velha rabugenta. Não se chuta cachorro morto. Se me esforçasse talvez conseguisse até mesmo fazer escorrer uma lágrima do meu olho esquerdo. Os homens continuavam com os braços doloridos por causa do peso insuportável do caixão. Nenhum deles ousou reclamar, a morte era um peso que lhes cabia. A morte era um peso que igualmente me cabia. Não ousei reclamar. Outra hora também cansaríamos os braços de alguém. Nossos braços parados se assemelhavam a pêndulos inúteis. O relógio na parede parecia um bicho cansado. No entanto, era um animal que jamais hibernaria. Ele mantinha a boca grande e escancarada pronta para engolir a próxima vítima sem esforços. Ele também velava a morta com seu tic-tac sem fim. Eu já não funcionava direito, estava capengando de um lado para o outro, feito um ponteiro desgovernado. Meu pai não me reconheceria, não porque eu era outro, mas porque ele não se deu o trabalho de me sondar. Continuei caminhando para além daquele sítio. Atravessei a ponte que me levava a outra margem. De repente acordei e minha sombra não estava mais lá.

LIVRO III

OU A RESSURREIÇÃO DOS MORTOS

De nada adianta caiar as sepulturas, elas continuam escondendo cadáveres. O meu, o seu, os cadáveres do povoado inteiro. Talvez até mesmo do povoado vizinho. Talvez até os cadáveres estrangeiros de países distantes. Uns mais magros, outros mais gordos, outros poliglotas. E vocês sabem, cadáveres se vestem muito bem, mas cheiram muito mal, disse isso enquanto ajeitava a gravata e colocava as narinas embaixo do próprio braço, não contente com a constatação, colocou os dedos na axila e levou ao nariz. Depois seguiu o mesmo ritual para o outro braço. Em seguida fez conchinhas com as mãos, bafejou, cheirou e fez uma careta. Seguir seus atos me deixou enojado. ¿Sentem o cheiro? Repito: *De nada adianta caiar as sepulturas, elas continuam escondendo cadáveres.* Essa foi a primeira frase que pronunciou, duas vezes, disse num tom profético e calou novamente a boca levemente arroxeada. Não compreendi o motivo da citação, tampouco fiz questão de perguntar. Em seguida, soltou outra: *Temos que agradecer aos mortos-vivos que fazem peso sobre a terra.* Encarei o homem num misto de impaciência e incredulidade. Prendi a respiração, pois o homem parecia estar há alguns dias sem banho. Alguns homens não sabem tomar conta da própria higiene. Querem impor presença através do mau cheiro. Permaneci cerca de cinco minutos com a mão estendida, evidentemente prendendo a respiração para não sentir o fedor, e o homem com cara de defunto continuou me olhando atônito. Olhava para minhas mãos como se olhasse um ninho de cascáveis. O idiota me observava como se nunca antes tivesse usado um cumprimento em vida. ¿Da onde vem as pessoas não costumam dar as mãos? Na verdade, não me admiraria se não pegassem nas mãos uns dos outros, pois evidentemente o cheiro afastava essa possibilidade. Perguntei com um tom irônico que certamente ele não identificou, porque me respondeu prontamente e num tom amistoso.

Claro, claro, todos nos cumprimentamos trocando as mãos, não literalmente trocando, tocando foi o que quis dizer, acho que entendeu. Me desculpe, estou um tanto atônito esses dias, como se tivesse sido enterrado vivo! ¿Já pegou dengue? Graças a Deus não! Que sorte a sua! Pegar dengue e ser soterrado não tem muita diferença. Uma dor nas costelas, uma falta de ar, os músculos todos doloridos... É como se tivessem me enterrado e depois me tirado da terra à fórceps ¿Você já teve essa impressão de ter sido enterrado vivo? Achei a pergunta um tanto ingênua, afinal, somos enterrados vivos todos os dias, mas achei melhor ficar calado, explicar minha teoria me parecia extremamente cansativo e não levaria a nada, apenas a um resumo pessimista da vida. Ele não tinha ares de um homem afeito a filosofias. Tinha a impressão que já o conhecia de outros carnavais. No entanto, nem tentei remexer na memória para trazer a lembrança à tona, estava sem paciência, se o esquecera provavelmente o encontro anterior não fora produtivo e meu cérebro não fez questão nenhuma de guardá-lo. Não existe benção maior do que o esquecimento. Pobre de mim se lembrasse da fisionomia de cada imbecil que atravessava meu caminho. Além disso, com o passar dos anos nenhum rosto me parece peculiar, todos eles me soam familiares em algum aspecto, confesso que isso me deixa entediado. É como se nenhuma face pudesse mais me surpreender, todas trazem fantasmas de outros homens. Estava tão estático que uma mosca pousou em seus olhos, provavelmente o confundindo com um morto. Realmente não podia culpar a mosca pela confusão. Se ele não estivesse na minha frente falando meia dúzia de idiotices com certeza já teria aberto uma cova e o jogado dentro. Ele abanou a mão desencorajando a mosca de pousar novamente. Assim mesmo ela continuou rondando o seu rosto por cerca de cinco minutos. Depois disso desistiu e foi à procura de um defunto mais comportado. É isso mesmo! Tenho a impressão que mal esperaram meu corpo dar o último suspiro e o enfiaram para dentro da terra. Essas moscas não param de atormentar! ¿Será que foram os defuntos que inventaram as moscas? Nunca tinha atinado para isso, mas era bem provável que as moscas tenham nascido junto com os cadáveres, se não simultaneamente, com certeza nasceram destinadas a eles. Em seguida perguntou se eu conhecia a história de Lázaro, o pobre coitado que ficou morto por três dias, três noites e reviveu. Aliás, meu nome foi escolhido em homenagem a ele, mãezinha era muito religiosa. Não era para qualquer um essa coisa de ficar embaixo da terra por setenta e duas horas! Bem que não me lembro ao certo se foi enterrado... De qualquer forma morrer e ressuscitar não era feito para qualquer criatura! Ele mesmo não aguentaria tal façanha! Afirmei que sim com pouca convicção, não me interessava por histórias bíblicas nem histórias da carochinha. Ele pareceu se ofender com o meu descaso, no entanto, isso não me preocupou. Nem Deus agradou a todos. ¿O que ele esperava de um reles primata? Uma coisa não posso negar, o nome lhe cai perfeitamente bem! ¿Você sabia que os mortos continuam a peidar depois de mortos? Se existe uma graça em morrer certamente deve ser essa, peidar à vontade na cara dos outros. Pronunciou isso gargalhando e logo em seguida soltou um peido fedido e sonoro. Já sabia, no entanto, essa informação nunca acrescentou nada na minha vida. Pode não ter acrescentado, mas que é engraçado é! Pensa, todos no velório chorando sua morte e você soltando um peido para comemorar ¿Não seria hilário? Ele disse e gargalhou novamente enquanto soltava outro peido. Homem nojento! Fedia mais que gambá! Me afastei um pouco e soltei: salve a alma, porque o corpo já está podre! Ele gargalhou ainda mais alto. Bebi um gole do café e continuei lhe oferecendo uma tragada. A minha vontade era lhe dar uma forte canelada. A sua demora e seus jeitos lentos já estavam me irritando. Eu estava já com os braços formigando, fiquei um capítulo inteiro com os braços estendidos oferecendo o café e o cigarro a essa marmota. Se existe uma coisa que me deixa morto de raiva é gente roda presa! E se tem uma coisa que atraio é gente lerda! Ô sina! Se ele fosse esperto pegaria antes que eu mudasse de ideia, a generosidade nunca foi meu forte. Aliás, vejo muita fraqueza nas almas boas, elas dão com uma mão porque esperam receber em dobro com a outra. Ele desviou os olhos da xícara, em seguida pegou o cigarro com as mãos trêmulas, como se tivesse acabado de ver um fantasma, tragou tão depressa que acabou com metade do cigarro. Pigarreou como um tuberculoso no meio da tragada. Depois soltou a fumaça na minha direção, como se tivesse a intenção de criar certa intimidade. Amassou timidamente o filtro entre o dedo indicador e o polegar. Você não deveria fumar cigarros de filtro amarelo, detonam o pulmão, os de filtro branco são melhores à saúde. Escuta o que eu digo. Eu entendo disso! Arranquei o cigarro dos seus dedos e fumei o que restava. Quanta petulância! Era só o que me faltava! Receber conselhos de um tísico! Não existe cigarro que faz bem à saúde. E depois você não me parece um exemplo de bem-estar! Se quiser ser saudável faça caminhadas e se livre dos vícios. Eu sou forte feito pedra, não é qualquer coisa que me derruba. Não nasci ontem. Eu controlo o vício, não é o vício que me controla. Logo me arrependi da frase, ela poderia ser facilmente refutada e foi o que ocorreu. Ele me olhou desconfiado, depois tentou sorrir, por algum motivo os músculos do riso estavam atrofiados. A sua cara parecia ter sido paralisada por um botox mal feito. Bem que o resto do corpo não estava nada melhor. Era um clássico caso de juntas: junta tudo e joga fora. Ele continuou discursando como um profissional do sexo. É o que todos os viciados falam. Se quiser sobreviver nesse mundo cão nunca estenda a mão, pode acabar com os punhos cerrados. Não me leve a mal, não quis ofendê-lo, foi só o conselho de um homem velho. Guarde seus conselhos no bolso. Desculpa, é só um vício de profissão. Mas, não vim até aqui para pregar nada. Longe disso! Tenha quantos vícios achar necessário, afinal, estamos por aqui só de passagem, qualquer bobeira e a terra nos engole. Um deslize e já nos colocam debaixo da terra, como se nunca tivéssemos vivido. E olha, disso eu tenho experiência! É só dar mole que te enfiam num caixão de segunda e te enterram sem dó nem piedade! Rezam e acendem uma vela por desencargo de consciência. Não me ofendeu, cada um oferece o que tem. Além disso, para alguns a velhice só traz rugas. Não seja tão ácido, ninguém envelhece impunemente. ¿Não acha que os velhos recebem algo de precioso com as rugas? Sim, com certeza, recebem permissão para falar qualquer bobagem que lhe passa pela cabeça, pelo menos a juventude tem vergonha dos absurdos que a mente inventa. Ninguém vira santo porque envelhece, velho só para de morder porque perde os dentes. Capaz! Não me trocaria nem por três de vinte! Bem se vê que a velhice te torceu o juízo. Peguei uma fatia de pão e estendi em sua direção. Ele arrancou o pão da minha mão e enfiou todo na boca, parecia um morto de fome. Depois começou a tossir feito um condenado, a massa do pão ficou entalada na traqueia. Dei um tapa forte nas costas e o pão desceu a contragosto. Tenho refluxo, vira e mexe o pão me entala. Fora isso, não como nada há dias, meu esôfago deve ter atrofiado. Nunca escutei falar sobre tal asneira, no entanto, não prolonguei conversa. Sombra e Barnabás despertaram e se colocaram de prontidão atrás de mim, como dois guarda-costas circenses. Não passavam de dois capatazes inúteis, não eram capazes de matar uma barata, bem mais fácil era sair correndo caso vissem uma, mas assim juntos, aparentavam ter o dobro do tamanho e até que serviam para assustar as almas desavisadas. A velhota vinha logo atrás deles, embora tivesse alertado que deveria andar de calças, vinha com as saias arriadas e parecia estar assanhada com a presença do vara tripas. Lambeu os beiços de forma insinuante e retirou as calcinhas do rego, estava na cara que esse era seu truque para instigar os machos. No entanto, não funcionou com o homem cara de morto, mal reparou que se tratava de uma mulher. A velha se mostrou desapontada, com certeza pensava que o seu truque era infalível. Esqueceram de avisá-la que alguns homens ficam com os paus apaziguados depois de velhos. Sombra e Barnabás insistiram em me auxiliar. Já cansei de falar que não gosto quando ficam atrás de mim feito duas sombras, de sombra já basta a minha! Desculpa, senhor, estamos apenas na retaguarda, caso precise de ajuda. Eu não sou um borra botas, me respeitem! Não tenho motivos para temer um homem tão magro. Tenho até pena de imaginar uma luta com alguém dessa compleição física. Dá até para ver o formato da bacia e do fêmur. O velho está só pele e osso! Me desculpe, senhor, mas você sabe melhor do que ninguém, nunca estamos seguros perto de outro homem. Papo furado, vão arranjar o que fazer. Comecem levando a velha com vocês e arrumando as camas. Sim, senhor. ¿Patrão, o senhor já viu peixe morto? ¿O senhor não acha que ele tem olho de peixe morto? Sombra e Barrabás tinham razão, talvez porque sempre pensassem juntos e duas cabeças pensam ou se confundem melhor do que uma, o homem tinha um olhar de peixe morto. Porém, achei melhor não concordar, eles ficariam muito convencidos. Deixem de conversa fiada, vão logo fazer o que ordenei. Sim, senhor, já estamos indo. Saíram cochichando. ¿Você por acaso viu meu estetoscópio? Tenho a impressão que ele estava no meu pescoço agora mesmo. Cada maluco que me aparece! Embora estivesse cadavérico e fosse um pouco difícil adivinhar a sua fisionomia com precisão, ainda tinha a nítida impressão de conhecê-lo. ¿Ei, responda, não viu o meu estetoscópio? Não senhor, não vi, o senhor chegou tal como está agora, sem tirar nem por. ¿Tem certeza? ¿Você sabe o que é um estetoscópio, né? Além de tudo estava me chamando de burro! Respirei fundo e engoli a seco. Aquele instrumento que pendura no pescoço. Eu poderia jurar que estava bem aqui... Estou até sentindo um pesinho no meu ombro. Não sou tão ignorante! Claro que já vi um estetoscópio! ¿E o meu estetoscópio, você viu? Tenho certeza que estava em volta do meu pescoço agora mesmo... Posso jurar que eu auscultei o meu penúltimo paciente com ele... Muito me admirei que não fosse ele o paciente! Fiquei quieto, não estava com saco para convencê-lo da própria loucura. Melhor que chegasse sozinho a essa conclusão um tanto óbvia. Me irrita os homens que precisam de ajuda para se convencerem da própria falência. Quem sabe não deixou cair no caminho para cá. Não pode ser! Não posso estar tão mal da cachola! Você tem toda razão! Não ganhamos nada de bom com a idade, isso é pura conversa fiada, veja, olhe bem, nos últimos dez anos devo ter perdido uns oito centímetros. ¿Você sabe o motivo ou pelo menos desconfia, né? Isso é coisa da fábrica de enlatados, sim, eu escutei falar que eles estão mancomunados com os donos da funerária, comemos feito loucos essas comidas cheias de conservantes e elas nos fazem encolher ano a ano, assim as funerárias fazem caixões menores e economizam em matéria-prima. Nada mais lógico, já que morrer custa caro! Obviamente nunca tinha ouvido nada mais estúpido do que isso, contudo, discordar ou concordar só alongaria o assunto, balancei a cabeça, como quem diz não, sim e quem sabe no mesmo aceno. Fiquei um tempo aéreo na intenção que me esquecesse e me deixasse em paz. Não queria perder meu tempo com jogos de adivinhação. Fiquei um tanto preocupado em me tornar um velho tão alucinado como aquele diante de mim. Talvez já esquecido do estetoscópio, o homem com cara de morto desviou os olhos para os meus pés. Por puro hábito imitei o seu gesto e me pus também a olhar para os seus pés, foi quando percebi que tinha sapatos novos e engraxados. Fiquei intrigado! ¿Como alguém com uma condição física tão deplorável seria capaz de engraxar tão bem os sapatos? Ele mal podia se abaixar! Ele percebeu que eu observava os seus pés e tentou escondê-los atrás da cadeira. No entanto, não era possível disfarçá-los, eles reluziam como dois urubus. Deve ter dado muito trabalho. Não entendo o que fala. Os sapatos, devem ter dado trabalho. Nenhum. Não seja mentiroso, eles não se engraxaram sozinhos. Ah, sim, provavelmente não. Ah, meu amigo, as coisas nunca são tão simples quanto parecem. Não sei quem os engraxou, por isso, disse, a mim não deu nenhum trabalho. Embora não pareça, vejo que é um homem estimado. Quem diria! Eu mesmo não diria isso sobre a minha humilde pessoa. Até diria o inverso disso. A estima é algo bem difícil de alcançar. Só alguém que te estimasse muito se daria ao trabalho de lustrar tão bem seus sapatos. Ou alguém que quisesse me ver a sete palmos da terra! E com certeza conheço meia dúzia que adoraria! Mas, só conheço uma pessoa que levaria isso tão a sério a ponto de perder uma noite de sono lustrando minhas botinas. ¿Então, você imagina quem fez o serviço? Imagino e aposto por mim mortinho da silva! Tem pessoas muito ruins nesse mundo de meu Deus! Diga de uma vez! ¿Quem seria essa alma abençoada? Essa alma está muito longe de ser abençoada, ela tem é comunhão com o capiroto.

Deus te proteja e faça que nunca tenha a infelicidade de cruzar seu caminho! Não se preocupe com isso, tenho encontrado pela vida todo tipo de gente, se nunca cruzei com esta alma, com certeza já me deparei com outra bem parecida. Não creio, ela é a pior de todas. Me jogou uma macumba das braba. A pior desgraça é quando o diabo vem vestido de saia. Eu não caio nessa armadilha. Diz isso porque nunca viu o demônio no corpo de uma mulher. ¿E existe alguma mulher que venha sem o demônio no corpo? Não brinque com coisa séria. As mulheres não são os seres mais bondosos da face da terra, todas são ardilosas, mas esta foi bem mais longe. Maldito seja quem me fez acreditar que as mulheres eram seres afetuosos! Não existia um pingo de afeto naquela desgraçada. Uma coisa eu sei, ela engraxa sapatos como ninguém! Não vejo graça, isso não passa de mais uma de suas artimanhas. Nem posso contar nos dedos os truques que ela esconde debaixo das mangas. Ou tem pacto com o capeta ou é o próprio capeta em forma de gente. Maldito dia em que casei com aquele estrupício! Minha vida nunca mais foi a mesma. Não que antes fosse uma maravilha, mas nada se compara aos anos que vieram depois do matrimônio. Que saudade da época em que fui caixeiro-viajante! Não houve tempo melhor do que aquele! Era só eu, meu cavalo e minhas tralhas, vez ou outra era interrompido por um cliente, normalmente não compravam nada, queriam apenas saber alguma fofoca do povoado vizinho ou lamentar com um desconhecido sobre as próprias tragédias íntimas. Um estranho é por excelência o confidente mais imparcial do mundo. Eu nunca me preocupei com o lucro escasso, eu podia viver com muito pouco, não tinha luxo. Uma vez ou outra chupava uma viúva, elas me pagavam com um prato de comida. Naquela época o afeto era uma troca prazerosa, eu mantinha o pau ereto e a barriga cheia. A juventude traz consigo muitos benefícios, hoje dificilmente convenceria uma mulher a se deitar comigo. Não quero me gabar, mas as mulheres abriam a perna com facilidade assim que avistavam meu cavalo chegando. Graças a elas nunca passei um dia de fome. Não adianta lamentar, esses tempos ficaram para trás, além disso, minha língua virou um músculo flácido. Veja, até pigarrear me é custoso! Uma coisa eu afirmo: o homem que não sabe viver na solidão paga caro o preço de uma companhia. Estou aqui em carne e osso para provar isso. Antes tivesse virado um eremita ou um desses místicos malucos que deixam a barba e o cabelo crescer infinitamente, não tomam banho, dão conselhos sábios e vivem na mais completa ignorância. A sabedoria tem pouca serventia nesse mundo e nenhuma no além. E digo mais! Tem muito menos serventia no além! Isso eu garanto! Podem olhar para os meus dedos, não estou fazendo figuinha! Ah, se soubessem! Feliz daqueles que não perdem seu tempo procurando pelo em ovo ou querendo saber porque prego afunda e navio boia. Se pudesse voltar no tempo jamais teria sido pego de novo pelo truque da curiosidade, como dizem, a bisbilhotice matou o gato. Antes dela atravessar o meu caminho eu era um bronco, um brucutu. Mal sabia fazer o O com o copo. Abençoado seja aquele tempo! Vendia o almoço para comprar a janta. Mas, que felicidade me batia quando estava na rede com o estômago vazio ruminando a vida! Não tem coisa melhor do que se preocupar com o alimento do dia seguinte, evita tudo quanto é confusão. Se tivesse escutado a minha intuição não estaria aqui hoje me lamentando. Que preço não fui obrigado a pagar para aprender a comer de garfo e faca! Se arrependimento matasse! Estaria mortinho da silva! Se tivesse escutado os conselhos da minha santa mãezinha! Que Deus a tenha e guarde! Não teve sorte na vida, só teve filhos. Infelizmente, só pariu traste, a coitada passará a eternidade sozinha porque duvido que alguns dos meus irmãos ascenderão ao céu, com certeza todos estão mantendo a fogueira do inferno acessa. Me passa um cigarro, por favor! Tenho apenas esse estoura pulmão, como você mesmo disse. Não se preocupe com isso, qualquer um serve, depois do que aconteceu comigo nesses últimos dias duvido que qualquer cigarro seja capaz de me matar. Só te falo uma coisa: nunca confie no relato de um homem morto. Por hora, é apenas isso que quero dizer. Antes de escutar um homem, certifique-se de que esteja vivo. Se, possível, coloque os dedos embaixo do nariz e perceba se respira. Estamos cercados por fantasmas. O tempo inteiro os fantasmas sussurram mentiras em nossos ouvidos. As pessoas deviam tomar cuidado com o que essas almas penadas falam. Deixa disso, não são só os mortos que espalham mentiras aos quatro ventos, um homem vivo é muito mais maledicente. Você é que pensa! Não sabe do que esses desencarnados são capazes! Vou te contar algumas histórias e ninguém me contou não, eu vivi todas elas, por isso, não tem como duvidar. Tome o cigarro, aproveite bem, é o último. Sendo assim vou guardar para mais tarde. Não entendo o que está fazendo por esses lados. ¿Procura a sua mulher? Deus me livre e guarde! Não quero ver aquela lambisgoia nem pintada de ouro! Não moveria uma palha para encontrá-la! Não estou aqui atrás dela. Na verdade, acordei faz pouco tempo, levantei e resolvi caminhar ao redor, ando meio desmiolado, só me lembro de alguns flashes. Mas, te vi ao longe e te reconheci. ¿Eu? ¿Tem certeza? Sim! Claro! Quer dizer, não tão claro, como disse, ando meio desmiolado. No entanto, eu te vi e o seu rosto me soou bem familiar, muito familiar mesmo. ¿Você conhece Bernadete? Nunca vi mais gorda! Bem se vê que está um tanto desmemoriado. Não brinque comigo! Parei porque imaginei que se travássemos conversa eu poderia ir me lembrando das coisas pouco a pouco. ¿Você costuma ir ao posto de saúde? Não preciso de médicos nem de receitas. Pensei que talvez pudesse ser de lá... a sua cara me é tão familiar... ¿Não somos todos descendentes dos macacos? Não acho que poderia me distinguir pela cara, isso é pura pretensão. Não foi isso que quis dizer, falo dos seus traços, da sua fisionomia. Me desculpa, mas não tenho tempo para jogos mentais, tenho coisa mais séria a fazer. ¿Como o quê? Enterrar meus mortos. ¿Você é um coveiro? Da mesma forma que podemos dizer que médico é um açougueiro com diploma. Esse é um jeito um pouco simplista de enxergar as coisas, mas, para alguns sim, sou um coveiro. Talvez isso explique muita coisa. Sim! Deve ser isso! Olhe para mim, não sou nenhum jovenzinho, na minha idade há mais convites de velórios do que de casamentos, deve ser por isso que seu rosto me soou tão familiar. Não vejo como poderia te ajudar, me desculpa. Além disso, se me conhecesse melhor saberia que não sou nenhum filantropo. Até me causa pena a dor de alguns animais, porém, a tragédia dos homens me parece totalmente alheia. Os problemas da humanidade não me comovem. Não perderia meu tempo ajudando um homem, não tenho nenhum prazer nisso. Se tivesse algum tipo mesquinho de fé, quem sabe, mas não acredito em nada. Tome, pegue isso. Não quero. Fique com você. Aceite, enxergue isso como uma espécie de troca. Não tem serventia para mim. ¿Como pode saber, você nem olhou? Não preciso olhar para saber, o mundo está cheio de coisas sem utilidade nenhuma, culpa do tédio, as pessoas se entediam e inventam coisas que não servem sequer para limpar a bunda. Abri a caixa, vi uma jovem montada num cavalo esculpida no camafeu. Então, minha memória trouxe à tona a cena do velório. Sim, me recordo perfeitamente da velha chorando e gritando "e agora? E agora? Pobre de mim! Pobre de mim! Nunca mais vou engraxar sapatos!". O choro não me chamou a atenção na ocasião, mas fiquei vidrado na imagem do camafeu. Claro, era ele, seu marido! Eu o enterrei meses atrás. Lázaro.

ANTES DO LIVRO IV

A METAFÍSICA DOS VERTEBRADOS OU DOS MORTOS QUE NÃO ENTERREI

Um homem invertido. ¿Não binário? Sim, eu sou isso. Já não profiro discursos que não estejam devidamente encaixados na ordem do dia, já não respondo bilhetes, cartas ou telegramas que chegam aos montes sem remetentes conhecidos. Já não reconheço ninguém pelo nome. ¿Por que nomearia a desgraça? Também não faço questão de diferenciar os traços rudes de fisionomia, todas as caras me remetem a mesma angústia. Mesmo mascarados os homens ainda mantém os traços obscuros de um rosto e o rosto é um bicho aterrorizante. Descendemos dos macacos, no entanto, choramos feito bezerros desmamados. Podem me chamar de misantropo, não faz a mínima diferença, a ignorância me poupa de produzir afetos desnecessários, e quase todos os afetos são desnecessários, um luxo para distrair espíritos fracos, não preciso de artifícios nem muletas, eu só me coloco em lugares que eu seja imprescindível. E para ser sincero, somos todos dispensáveis, por isso, me encontro aqui, nesse topos indefinível, perdido entre uma montanha e outra. Não estou pedindo a sua compreensão ou autorização para o desamor, estou apenas te inteirando dos fatos, assim talvez possa ser curto e grosso e dizer logo a que veio, pois não é meu costume abrir a porta para qualquer desajustado. Não espero por ninguém nem estendo a mão atrás de esmola, se tenho de definhar que eu faça isso com o resto de dignidade que me cabe. Não tente me consolar, não preciso do seu consolo. Não pretendo com isso ferir o seu ego, é apenas uma constatação como qualquer outra. Além disso, ninguém que está nesse mundo pode se gabar de estar numa situação muito melhor do que a minha. Interrogue dez mil pessoas e terá dez mil versões para a mesma infelicidade. Nenhum homem sabe ao certo porque foi despejado do útero de sua progenitora. E se soubesse não faria diferença alguma, continuaria tão infeliz quanto antes. O trabalho me tomou quase tudo. Pensava que era patrão, mas nunca passei de um serviçal de segunda categoria, vendendo o almoço para comprar a janta. Confesso que acho graça quando as pessoas repudiam o trabalho das putas que vendem seus corpos. ¿Não somos todos mal pagos por nossas carcaças? Tendinite, artrite, bico de papagaio, cefaleia, transtornos de ansiedade, psicose. ¿Você realmente acha que não vendeu seu corpo todos esses anos à previdência social? Vendeu em troca de uns míseros trocados para ter uma casa que deixará de herança ao governo porque não foi capaz de procriar e deixar herdeiros. De pensar que passou noites e noites trabalhando apenas para não ter seus restos mortais jogados na vala comum como indigente. Como se depois de morto ainda precisasse fingir dignidade. Passamos a vida toda juntando dinheiro para terminar cavando a própria cova. Quem me dera deitar todas as noites na minha cama feito puta. Se tenho que acender uma vela que não seja para outro homem tão falido quanto eu, prefiro acreditar na mentira da santidade. Fure meus olhos e me dispense de formalidades inúteis, não tenho paciência para acessórios, não sou o tipo citadino, que passa o tempo entre cafés e bordéis, já foi a época em que eu me disfarçava entre outros homens para passar despercebido. Agora me orgulho da minha estranheza. Também não me distraio com o amor falso das mulheres, já caí na maioria dos truques dessas vadias, estou vacinado. Não gosto do tipo afrescalhado que perde tempo em rodeios e frases de efeito, vá direto ao ponto, minha avó conseguia ser mais assertiva que você, já perdi muita coisa enterrando os mortos alheios, a maioria dos assuntos já não me faz ficar boquiaberto, veja, desde que me interroga já se passaram cinco minutos, e não vejo nenhuma progressão de pensamento, tece as ideias feito uma aranha entorpecida, não posso dizer que me falta tempo, talvez seja mais certo dizer que me falta tato, a pia está cheia de louças, o espanador me espera ansioso, não enrole, diga logo a que veio ou não diga nada, isso mesmo, não diga nada, palavras não enchem barriga, engula seus discursos e verá que estou certo, continuará tão faminto quanto antes, tenho na mesa um monte de rolhas de garrafas e elas me servem para relembrar que um dia houve motivo para comemorar, mas não hoje, nem ontem, nem anteontem nem amanhã, eu tinha duas orelhas, dois olhos, nariz e boca como a maioria dos animais da minha espécie, essa mesma que você tem dificuldade de pronunciar, sim, sinto dizer, eu era um animal dessa espécie, eu ficava estático para produzir uma imagem de mim mesmo com os meus descendentes, sim, ficávamos todos parados à espera em frente a um protótipo de daguerreotipo, descubro isso através de um retrato pendurado na parede, como aqueles lepidópteros que morrem para ficar fincados com alfinetes enfeitando a sala de um colecionador, que os exibe nos jantares de sábado, mas, hoje não, hoje não tenho nada disso, não faço questão de apertar o disparador para que devolva uma imagem duplicada de mim mesmo ¿que outro de mim seria capaz de me salvar do fracasso? hoje minha vida se perde nos mecanismos, nas engrenagens, nos blocos de notas, nas planilhas e nos trâmites estéreis dos departamentos virtuais, carnificina e hologramas, saem dos meus lábios apenas palavras profiláticas, corte-me os membros e faça a sutura perfeita, não preciso deles, me ordenem e eu queimo dez mil hectares de terra com um movimento de dedos, me ordenem e eu implodo todos os manicômios do país, deixe os loucos sem remédios e sem paradeiro, me implorem e eu detono as minas e os mineradores, tenho as mãos repletas de ódio e sangue, não estaria aqui caso tivesse as mãos limpas, não posso atravessar do quarto para a sala ignorando os sinaleiros, vermelho amarelo verde, não posso manipular o mundo sem luvas cirúrgicas, é necessário uma incisão precisa, passe-me o bisturi, eu posso fazer isso sozinho, não preciso da ajuda de ninguém, um homem nunca está só, ele vive acompanhado de seus demônios. Não finja que está sozinho. Eu posso ver os chifres e os cascos por trás das suas costelas. Também sou capaz de sentir o cheiro de enxofre. Vivo na missão impossível de pertencer a um clã, me ordenem que arranque as mãos inválidas dos operários e colocarei as mãos sobre seus joelhos, peçam seus miolos e os despejarei em seu cólon, peçam suas explanações e entregarei suas bocas em ataduras, não existe nenhum nervo meu que não esteja conectado ao servilismo, tenho um cérebro potente e cheio de sinapses e ele serve para afrouxar os parafusos dos desajustados, eu só posso dizer que trago incubado um texto (¿quem esperaria de mim um punhado de palavras aleatórias?), um texto que jamais escreverei, um texto que ninguém espera que eu escreva, me chamam de homem, e esperam que eu agradeça o elogio, o ser humano é o único animal que disfarça o cheiro da própria merda, eu não sou um homem, talvez um macaco, eu sou um feixe frouxo de músculos e tendões, eu sou uma legião de infelizes, não posso latir e abanar o rabo distraidamente feito um vira-lata, não tenho a licença dada aos ignorantes, não sou nada além de um corpo que sente, a vida me dói como se me arrancassem as unhas com alicate, sinto agulhas me perfurando como se eu fosse um boneco de vodu, não me é permitido apagar e começar de novo, não posso me igualar ao cão doméstico, esse animal doce e quase racional, que não é dominado pelas paixões mundanas, que não morre nem mata por ciúmes, que ignora de bom grado o prazer da sua companheira, não conhece sequer uma noção arcaica de amor, não necessita escrever cartas nem participar dos rituais amorosos para foder, fode simplesmente para perpetuar a sua espécie, essa raça vulgarmente conhecida como enterradora de ossos, sem sonhos de matrimônios felizes, sem sonhos ingênuos de eternidade, sem carnês vencidos, sem planos de saúde, sem assistência funerária, não se perde em pensamentos cosmológicos, lambe inconsciente os pelos enquanto colocamos a mesa do almoço, engole um pedaço de carne como se não houvesse a urgência do amanhã, como se fosse certo que o sol nascerá no dia seguinte, não se preocupa com a colorimetria das cortinas e tapetes, não conhece a agrura dos agrimensores, esses homens soturnos sempre preocupados com medidas e cercas, não há delimitações na cidade dos cães nem intenções de expansão, se as cidades tivessem sido inventada pelos cães haveriam postes, porque serviriam de mictório, mas não haveria luz elétrica, há formas mais instintivas de iluminação, o cão não compreende a fúria desmedida dos assassinos, dorme como se não houvesse um abismo entre um pensamento e uma ação, despreocupado com o fato dos amigos morreram um por um até o fim dos dias, indiferente às pandemias de séculos em séculos, indiferente aos velórios, indiferente às covas, elas continuarão acontecendo até a chegada inesperada da vala aberta do seu patrão, então, descobrirá que a porção diária de ração se tornou parca, que a água do pote não está tão fresca, não estou sequer autorizado a invejar a paz de espírito de quem mija nos pés do dono para guardar o seu território, o cão não conhece a solidão dos manicômios, quando encontra a loucura é logo sacrificado, não precisa convencer o seu psicanalista da importância do ego, não precisa limpar as patas ao entrar em casa, não precisa entender a função dos talheres, não precisa de guardanapos pendurados nos colarinhos, não precisa manter uma higiene impecável ou o hálito fresco, não necessita palitar os dentes, não precisa adequar a sua linguagem ao adentrar outro país, não lhe pedem vistos nem passaportes, não lhe fazem perguntas criptografadas, não algemam suas patas para evitar um acesso repentino de raiva, não lhe exigem domínio de técnicas, não lhe exploram com desculpas burocráticas, não lhe esmagam para descontar o ódio de um sobrenome herdado, não te reconhecem pelo traço funesto de sua consanguinidade, não lhe cobram um posicionamento dentro da constelação familiar, não lhe pedem a árvore genealógica, não exigem que siga a ordem rigorosa dos ponteiros, não lhe roubam a carteira, não lhe examinam atentamente a cara, não procuram suas faltas através de suas linhas de expressão, não exigem antecedentes criminais, ao animal todo crime é brando e perdoável, não exigem que guardem as lâminas longe do corpo, não exigem que descarreguem os revólveres, não lhe testam as emoções, em qualquer lugar do mundo pode apresentar o mesmo latido tedioso e incompreensível, não pedem que bata os sinos das igrejas, não exigem que gaste suas horas atrás de confessionários, não exigem que compareça nos grupos dominicais, não pedem que atentem sobre a carta de vinhos, sobre o nó da gravata, ao cão não exigem nem metafísicas nem respostas aos problemas insolúveis nem relógios de pulseira analógico nem que faça reverência em frente a uma capela nem que chore por uma tragédia familiar nem que carregue seus mortos nem que arranque da terra o próprio alimento, nem que eliminem os carrapatos que lhe causam sarna, exigem apenas uma encenação de afago, um dobrar de pernas singular, a cabeça inclinada, os olhos baixos. Eu também me tornei um ser de quatro patas, sem ambições e sem metafísica. Também vago pelos cômodos com a cabeça inclinada, os olhos vagos, a língua salivante, espero pacientemente o meu patrão, anseio a sua mão no centro da minha cabeça, eu também sei ganir enquanto me acarinham entre as orelhas

LIVRO IV

BONOBOBO E A CABEÇA DE DIOS

não estava sozinho isso era evidente. Nem mesmo o diabo teria coragem de desembarcar desacompanhado nesse vilarejo. ¿que criatura teria ânimo de caminhar só numa terra de desgraçados? O outro é um refúgio seguro de nós mesmos. Se não podemos nos conhecer podemos ao menos tatear a face alheia. Os homens da região andavam como se tivessem um prego enferrujado atravessando seus crânios não pensavam em nada bonobobo tinha ar de quem matutava sobre as agruras da vida com certeza não viera de um lugar melhor do que este tinha a cara enrugada quem pensa tem a cara enfezada eu acho bonito quem reflete mesmo que eu não consiga compreender tanto desperdício de energia para nada que os filósofos me perdoem mas pensar nunca serviu para bosta nenhuma tudo continuará no seu devido lugar ¿está vendo aquela árvore? é a passagem das maritacas no verão ela fica coberta de aves me desculpe a digressão é que vejo muita semelhança entre os homens e os pássaros foi assim que o conheci e o conhecendo também me deparei comigo e me deparando comigo e com ele também reencontrei meu pai o velho incômodo da parentalidade meu pai foi designado para manter o fogo acesso era a sua função nos encontrávamos pouco mas em todos os encontros ele estava com um feixe de lenhas entre os braços sendo assim também sou um pouco filha do fogo e é desse interstício que vem meu afeto e minha repugnância pelos homens foi desse mesmo lugar que saltou meu desejo por Bonobobo ele era e não era meu pai no entanto se olhássemos bem com certeza não se parecia em nada com ele meu pai dizia que tanto fazia nadar pra cima ou pra baixo o mais importante era saber nadar Bonobobo não sabia nadar Bonobobo era diferente não foi logo enfiando o pau na minha buceta embora eu cogitei me colocar logo de quatro o hábito é uma desgraça apagamos e acendemos luzes e nem lembramos o motivo não foi igual a todos os outros que passam por aqui por isso me lembro bem a gente se lembra melhor quando os atos são parte de um ritual e não uma ação automática não foi assim que tudo começou não mesmo foi bem diferente o olhar é um afeto desconhecido poucos se dão ao trabalho de olhar confesso que não sou diferente dos outros tenho os olhos viciados e pouco distingo uma coisa de outra no entanto com bonobobo foi bem mais bonito como num filme a miséria tem uma beleza difícil de ser captada ela existe fora do esquadro foi assim que começou primeiro vi ele de longe arrastando em uma das mãos algo que parecia um homem muito branco e molenga algum tempo depois descobri que ele arrastava uma cabeça não qualquer cabeça descaralhada era a cabeça de Dios fazia sentido já que ninguém poderia matutar sem a ajuda divina anos mais tarde descobri que a cabeça de Dios não tinha nada de majestosa Dios era o apelido de um criminoso perigoso e procurado roubava as galinhas da vizinhança e as degolava por puro prazer achei um pouco estranho mas o mundo é mesmo cheio de estranhezas de forma que não estranhei o suficiente para temê-lo em algum momento se tornaria um descabeçado já que Dios provavelmente não o acompanharia para sempre Bonobobo tinha o peito largo minha mãe costumava dizer que homens assim dão bons pais não sei o porquê ela nunca explicou e eu nunca perguntei a paternidade não me assombrava na minha concepção qualquer um poderia assumir a função de pai eles apenas doavam um punhado de características que guardavam num saco pendurado no meio das pernas uma cadela cuida sozinha da cria mas Bonobobo me comoveu e por alguns instantes senti que a minha buceta logo se encharcou de desejo tive vontade de procriar passou logo seus braços eram compridos fortes peludos talvez tivesse dentes tortos a janela ficava no terceiro andar não dava para enxergar direito o seu rosto mas era diferente do rosto de qualquer homem do povoado não sei se mais bonito ou se mais feio só não era igual não era possível confundi-lo com qualquer um isso era bom não era¿ Não é bom quando as pessoas falam que você é como uma agulha no palheiro? A maioria dos homens é confundível e podemos facilmente trocar por qualquer outro da mesma ninhada como se confundem os cães quando nascem com as mesmas manchas ele não ele não era também não sei o que o tornava especial as omoplatas quem sabe também não sei se a culpa era dos meus olhos eu nasci com um desvio de nascença existe uma pequena diferença na angulação das minhas pupilas não não não deve ser isso essa é uma explicação bem rasa qualquer idiota pensaria nesse argumento talvez um jeito de respirar no meu cangote a forma como suspendia a calça como cruzava os braços um jeito de inspirar e inchar o tórax o corpo peludo a boca cerrada quase não falava a mudez exerce um tipo inusitado de fascínio os animais não costumam falar muito e nos fazem tão bem e nos fazem afagos e nos atormentam de uma forma doce ele não precisava falar eu não me importava estava acostumada ao silêncio as paredes de todas as casas são mudas os seres ardilosos que gastam saliva à toa confio mais no abismo dos seres silenciosos que não fazem muito alarde que fingem não nos escutar eu não era uma mulher burra eu também tinha meus abismos embora não os repartisse com ninguém uma mulher sabe que em boca fechada não entra mosca uma mulher já nasce com um velório enterrado dentro de si uma mulher sabe que calada ainda pode estar errada eu existia apesar da minha ineficácia como criatura perto dele eu podia falar por horas uma mosca não conseguiria descansar sobre minha boca ele não acompanhava minhas narrativas mas também não revidava isso já era melhor que nada nós mulheres estamos acostumadas a lidar com migalhas nunca ganhamos mais do que migalhas uma espécie peculiar de pomba gira no segundo dia me trouxe um peixe dentro de um aquário não um peixe qualquer era um peixe de olhos vivos gordo robusto tinha guelras profundas provavelmente de pele rosada como os salmões eu gosto de peixe disse que enquanto o peixe vivesse ele continuaria a atravessar a porta do meu quarto quando morresse não voltaria no entanto conhecemos bem os homens são como cachorro às vezes enjoam então enterram os ossos e desenterram em tempos de miséria e vacas magras e você sabe muito bem as mulheres se fartam com os restos das outras mulheres não se importam em dividir a mesma saliva e o mesmo ódio direcionado a sua espécie há milênios os homens não trocam de mulheres apenas alternam os corpos é impossível que nunca tenha se dado conta desse truque tão ordinário! mas eu disse ele não era como todos os outros ¿isso era mesmo uma vantagem? ele era insólito peixes vivem muito eu sei as pessoas acham que vivem pouco é mentira vivem até décadas eu já tive peixe antes outros homens já dormiram na minha cama a maioria sumia antes de completar um ano nessa hora já estava tão de saco cheio deles que não conseguia derramar uma lágrima sequer Bonobobo é diferente Bonobobo não fala palavras bonitas não usa o verbo para confundir se assemelha a um bicho acuado tem muito medo do amor ¿quem não tem não é mesmo? é inteligente sabe fazer cálculos é racional mas não sabe falar de abstrações tem conhecimentos de agrimensor sabe dividir demarcar propriedades no entanto entende muito pouco das desmedidas da paixão pensa que o amor é um peixe que não pode ser capturado que vive nas profundezas abissais nem imagina que é um peixe manso abrindo e fechando as mandíbulas esperando por comida na verdade não sei se os peixes têm mandíbulas isso não importa falo de outra coisa falo de Bonobobo e Bonobobo pensa que todos os peixes são pequenos ele não reconhece o afeto ele não sabe que o amor também morre pela boca não vê que o amor amarra a gente aos pouquinhos primeiro toma o dedo mindinho depois toma uma mão depois um braço uma perna um pé desavisado e mais tarde a rasteira se embrenha nos poros na boca no nariz nos ouvidos nos olhos no ânus ele gostava de enfiar os dedos no meu cu eu remexia levemente o quadril para que o seu dedo entrasse um pouco mais fundo ele tentava desvencilhar mas eu continuava enfiando o seu dedo mais fundo no meu cuzinho olhava nos seus olhos e dava uma lambida na sua língua seu pau ficava tão duro que eu tinha certeza que me partiria ao meio mas eu gozava antes de ser cindida em duas depois desvanecia em seus braços e ele se distanciava não achava seguro o carinho depois do coito queria alertá-lo mas ele não queria ouvir meu amor a mulher é a mais sábia das criaturas veja só por isso está sempre barriguda de tanto gerar seres inadequados de tanto dar cria a seres estranhos ¿você acha mesmo que as mulheres deveriam passar a vida chorando pelos monstros que pariram? você também é um tanto defeituoso talvez por isso me atormente talvez por isso pense que é melhor do que eu porque não pode copiar a cara de outro homem não pode engolir um homem e depois regurgitá-lo em miniatura só a mulher pode expulsar um homem de dentro de si só uma mulher pode dilatar o seu buraco e dar passagem segura à existência de uma nova criatura sim você poderia muito bem ter saído do meio das minhas pernas ainda assim eu aceitaria dividir a mesma cama com você ainda assim te ofertaria minhas tetas cheias de leite continuei explanando por algumas horas no meio do discurso cogitei explicar a Bonobobo sobre a solidão apavorante das mulheres sobre a angústia de ter o controle da existência num abrir e fechar de pernas no entanto logo desisti nenhum homem era capaz de entender sobre os buracos que o corpo da mulher abriga nem o mais perspicaz entre eles nem mesmo bobonobo que era burro feito uma porta poderia compreender ¿como poderia explicar que não posso dormir com um ninho de cobras debaixo da minha cama? resolvi me calar e consolá-lo as mulheres foram ensinadas a abrir as covas dos seus carrascos com abnegação se eu pudesse eu dormiria apenas com mulheres mas meu corpo nunca se encaixou no corpo de outra fêmea somente os homens saciam meu desejo apenas eles com toda a sua inexatidão conseguem me dar a falsa sensação de saciedade meu amor relaxe um pouco você já colocou uma concha na orelha é mais ou menos isso o amor o mar está distante porém podemos escutá-lo através desse objeto encaracolado meu pequeno grande bonobobo vamos experimente encoste a concha no ouvido relaxe não tem nenhum bicho aí nenhum bicho sairá da concha e te engolirá seria interessante se um animal tenebroso entrasse pelo teu ouvido e te devorasse aos poucos eu assistiria com prazer esse espetáculo lento mas isso não vai acontecer dentro é só a casa de um mexilhão escuta bonobobo o amor também é uma concha vazia não me admira que não escute coisa nenhuma é preciso estar atento bonobobo você é muito distraído e um tanto surdo não se vive sem um pouco de fingimento bonobobo se não parar e colocar a máscara nunca vai se dar bem todos vão te confundir com um macaco prego ou pior com um sagui você tem a cara bem parecida com a cara de um sagui e você sabe bonobobo saguis são seres bem esquisitos eu não dormiria com um sagui Deus bem sabe que eu jamais dormiria com um sagui talvez com o macaco prego ou com um bugio assim mesmo meu doce bonobobo prefiro muito mais você embora você não saiba quase nada do amor meu doce bonobobo precisa se esforçar mais bem mais um punhado assim quem sabe não estamos mais nos tempos da caverna não digo que não gosto quando bate uma punheta pensando em mim e depois me conta porém é mais do que isso o amor é mais embaixo venha bonobobo eu te peço me fale palavras carinhosas me faça um cafuné na orelha simule amor eterno não há graça em viver sem uma porção de ilusão ele desconversava bonobobo bonobobo bonobobo que sonoridade tem seu nome e que pouco cérebro tem sua cabeça não se morre de palavras de palavras só se vive experimenta dizer bonobobo bonobobo bonobobo não se leve tão a sério a vida acaba tão rápido ¿por que deveria não fingir afeto? O afeto só se materializa depois das sílabas serem repetidas com afinco bonobobo bonobobo bonobobo que animal estranho você é que se perde na tentativa de não amar que estranho você é não percebe que a morte vem a galope e logo te assalta bonobobo essa sua bobeira de não dar afeto acabará em nada meu doce bonobobo o amor nos abate aos poucos não precisa ficar assustado feito ouriço tão quebradiço na intenção de ser inteiro pelo menos arranje umas calças decentes e ande com as mãos nos bolsos eu sei não precisa repetir eu sei que é um homem sem sombra de dúvida logo logo ficará mudo e não poderá repetir bonobobo Sabe bonobobo desde que o conheci desenvolvi uma estranha doença toda vez que me olho no espelho me falta um dos membros às vezes o braço esquerdo outras vezes o direito e embora eu coloque a mão e o sinta doer terrivelmente quando me dirijo ao espelho é como se minha mão acariciasse um fantasma Socorro diz que não é nada é assim mesmo toda vez que uma mulher se deita com um homem tem uma parte arrancada e a maioria já nem percebe afinal tantos homens visitam nossos corpos não esquenta com essa bobagem com o tempo a terra se encarrega de amputar o resto sim é verdade Socorro era mulher esperta vivida não se enganaria sobre seu corpo tinha pousado mais homens do que moscas mas não morreu por conta dos homens morreu de velhice venha bonobobo vamos esquecer essas feridas meu doce bonobobo deite um pouco solte esse boneco grande de cera ele não irá a lugar algum desacompanhado não seja bobo bonobobo largue essa muleta eu te seguro venha encoste no meu ombro que o amor serve para isso mesmo para termos a impressão que não somos assim tão mancos

LIVRO V

OU A VARÍOLA DOS MACACOS

MENINO dormia tranquilamente na cama estreita. A vela queimava devagar no candelabro ao lado da cama. Já era tempo. Não aguentava mais velar a sua agonia. Donana também não. Amor desmedido é como água de rio, não para de correr. Não temos como evitar, somos comandados pelos cavalos dos afetos. A doença corroía o sono de Menino há muito e esmagava o coração de Donana. Nunca tive filhos, não conheço essa espécie corrosiva de sentimento. Apesar da doença, Menino crescia. Menino se alastrava pelo corpo de Donana feito cobreiro. Se ousasse crescer mais um pouco esparramaria. Ocuparia um espaço que não lhe pertence. Bonobobo. ¿E isso era bom, não era? Donana estaria lá para juntar os pedaços e evitar os equívocos. Nada escaparia ao seu olhar atento, desconfio que ela tinha olhos até nas costas. Ela sempre estava lá, como uma sombra. Como uma extensão que não podia ser esquecida. Uma sombra duvidosa. As mães são isso, um espichadinho de sombra para corrigir os erros dos filhos. E os filhos se aproveitam para errar à vontade, depois esticam as cabeças e esperam o cafuné no meio das orelhas como cães sadios. As pálpebras de Menino pareciam cavalgar sobre o seu rosto. Provavelmente sonhava um sonho bom. Árvores, riachos e moleques pelados. Sim, com certeza ele invejava os moleques nu em pelo. Não dava para enxergar daqui. Minha vista ainda está meio turva, excesso de preocupação e um tanto de astigmatismo congênito. Dividia o espaço com uma rede estendida de um canto a outro. Vermelha. O piso de barro batido lembrava que o povoado também espiava o seu sono sagrado. Dia sim dia não recebia visita. Não reconhecia ninguém. Todos torciam para a doença deixar o corpo de Menino em paz. A varíola tinha deixado seus rastros por todo o povoado. Ninguém queria velar mais um corpo. As casas da vila ainda cheiravam à morte. Rezávamos dia e noite. Não sabíamos como tínhamos deixado a desgraça entrar pelas janelas das nossas casas. Não entendíamos o porquê ninguém tinha se esforçado para lacrar as venezianas. Não conhecíamos a concepção da palavra segredo ou sussurro. As línguas se entrelaçavam nas soleiras das portas. Nossas casas tinham poucas paredes, então, as palavras atravessavam todos os cômodos. As palavras se esgueiravam pelas trincas. As palavras tinham pernas, braços e afundavam as mãos em nossas cabeças distraídas. Às vezes, nos esbofeteavam a cara. As palavras também tinham dentes e vez ou outra deixavam suas marcas na carne. Donana não ligava, nascera com ouvido seletivo, só escutava o que lhe interessava. E quase nada lhe interessava. ¿Não era bem melhor ser assim? Loquinho aparecera em sua porta por essa época, uma criança em corpo de homem. Foi ficando como um cachorro abandonado que encontra um pouso e uma tigela de água fresca. Ele até se assemelhava a um bicho de estimação, manso e com pouca funcionalidade. Se afagássemos entre suas orelhas, ele abanava o rabo. Em certa medida também era parecido com qualquer outro homem, um estorvo. Uma boca a mais para Donana alimentar. Foi com o que ela se preocupou quando viu ele lambendo os beiços. Mentalmente procurou o que sobrara na despensa. Não sobrou nada. Ela até pensou em enxotar aquela criatura bizarra para longe, mas estava tão ocupada em amar Menino que se esqueceu e quando deu por si Loquinho já era membro da família. Desses membros que dormem no quarto de despejo e comem menos do que os outros e só recebem afeto quando uma mão distraída escorrega na sua cabeça grande e disfuncional. Donana também cogitou que ter um homem em casa não seria de todo mal, poderia ter alguma utilidade, ainda que fosse um menino em corpo de homem. O povoado se assemelhava a casa de uma família numerosa. Cuidávamos uns dos outros, ainda que pouco soubéssemos a respeito de nós mesmos. O íntimo, esse abismo insondável que vela lugar nenhum. Evitávamos a crueldade do espelho. O espelho nos perseguia e avançava sobre nós como um bicho feroz. Tentávamos compreender o próximo através da memória coletiva, era o único jeito de assegurar que tínhamos algo em comum, apesar de sermos aparentemente todos singulares. A cabeça cheia de problemas e os corpos cobertos de pelos. Se os homens fossem decapitados provavelmente os problemas se alojariam no resto dos seus corpos. Também tínhamos alguma semelhança com os peixes de água doce, no entanto, nos reproduzíamos em outra velocidade. A originalidade é pura arrogância de uma espécie em declínio. Fogos de artifício anunciavam a virada do ano, embora ali poucos se importavam com a urgência do tempo. Não andávamos atentos aos calendários. Se as flores floriam era certo que a vida envelhecia como dois e dois é uma conta injusta e simplória. Sabiam apenas que morreriam na hora certa, nem um tiquinho antes nem um tiquinho depois, esse era um ensinamento antigo e nenhuma criatura nunca se esquivou dele. Ninguém morre de véspera. Assim mesmo tentávamos ao máximo prolongar a vida e enxotar a doença para longe. Menino dormia um sono bonito. Era bonito apesar de. Era formoso apesar de. Emboramente não passasse de um macaco com feições de homem. Um filho desde que o mundoémundo é a alegria dos olhos da mãe. Invade seus desejos pelo resto da vida. Donana já não tinha ares de quem gostava de foder, agora só tinha cara de mãe parideira. Se a encontrasse pelo caminho facilmente a confundiria com uma vaca leiteira. Os seios fartos, a anca larga. Sim, seu quadril se assemelhava ao quarto de uma casa de fazenda. Era possível se sentar sobre ele e apreciar a paisagem do lado de fora do seu corpo. Quem a visse assim comendo Menino com os olhos jamais imaginaria que um homem chupou seus peitos, lambeu sua buceta e depois a encharcou de porra. Também não imaginaria que ela passou a mão no meio das pernas e sugou o sêmen que se esquivava do seu útero. E imaginaria menos ainda que Donana gostou, revirou os olhos, pediu mais, revirou os olhos de novo e de novo. Agora tinha olhos apaziguados. Ela agora era apenas mãe, sim, apenas mãe. MÃE, a palavra sagrada. Xiiiiii não pronuncie em vão! Menino sonhava, era possível saber pelo movimento rápido dos seus olhos. Um dois um dois um dois. Um relógio desgovernado. Não queria saber de onde Donana tirava tanta ideia estapafúrdia, tratar Menino feito louça chinesa. Não deixava ninguém chegar perto da sua cria. Não sabemos como a doença conseguiu escapar da sua vigília e entrar de cheio no corpo de Menino. Donana agora passava horas calculando as medidas do filho. Seu parâmetro era sempre o próprio corpo e o tamanho desproporcional do ventre. Não entendia porque os filhos deixavam de caber dentro da barriga. Inventava nomes para cada parte minúscula do seu corpo. Menino era mirrado, mas nem tanto. Se tentássemos beliscá-lo com certeza os nós dos nossos dedos se confundiriam com a maciez dos seus culotes. Os camundongos corriam felizes pelos caibros, sabiam que ali estavam a salvos dos gatos esfomeados. Donana tinha um pouco de asco, porém não tanto a ponto de querer aniquilá-los. Às vezes, espalhava algumas ratoeiras mal armadas em lugares improváveis, apenas para se livrar do peso de uma responsabilidade. Era como todos, afinal, não queria a responsabilidade para si. ¿Como explicaria uma proliferação de ratos inesperada? O afeto gera consequências nefastas. MÃE, a palavra sagrada. Depois se espiava alarmada, como se olhasse uma paisagem desconhecida. Um solo que não fora devidamente irrigado. Um terreno pedregoso. Árida. Quem sabe era mesmo uma paisagem desconhecida. ¿Não éramos todos uma paisagem desconhecida? ¿Uma cartografia desastrosa? Não tinha certeza, nem pensava mais sobre assuntos abstratos. Não sabia. Não tinha tempo para essas abitolações de gente desocupada, agora tinha uma boca para alisar. Não sabia dessas coisas de muito pensar. Nem queria saber, tinha raiva de quem sabia. A maternidade a deixara desdenhosa de si. O corpo alargara e depois diminuíra. Não sabia ao certo se tinha sido multiplicada ou subtraída. Quem sabe multiplicada e subtraída, as duas coisas numa só. Como um relógio que conta o tempo de frente para trás e de trás para frente. Não entendia como um relógio funcionava por dentro, mas devia ter uma engenhosidade parecida com o coração materno. Mal lembrava que tinha um corpo por baixo do vestido. Já não tocava o buraco por onde Menino nascera. Agora seus buracos pareciam vergonhosos e excessivos, como se tivessem sido gerados por puro engano e distração. Se o corpo ainda estava ali não era por cuidado de Donana, era por obra divina, pois ela não se dera conta que existia como matéria que se pode apalpar. Já não se envaidecia como antes, olhar o próprio rosto era quase pecado mortal. Não tinha direito de se tomar para si. Não tinha direito de ser sem Menino. Agora seu corpo era o corpo magro de Menino. E o corpo magro de Menino era uma extensão do mundo, mas um mundo miúdo que acaba no quarto, em cima da cama com as tetas enfiadas dentro da boca do rebento. Não tinha olhos para mais nada. Não tinha tetas para nenhum outro. Seu leite poderia alimentar um rebanho inteiro, no entanto, alimentava tão somente Menino, na sua brincadeira de ser rei. Bicho quando ama fica arredio. Donana desde o nascimento se esquivara dos bichos maiores. Torcia a cara em busca de reconhecimento. Agora achava que a maternidade daria o reconhecimento que lhe fora escondido a vida toda. O pequeno espelho circular pendurado na parede lhe oferecia uma imagem grotesca de si mesma, cara redonda, nariz largo, beiço em forma de cone, arcadas protuberantes herdadas de seus avós — a consanguinidade nos reserva os piores defeitos — alguns pelos, parecia bicho, mas sabia que não era. Bicho não saberia oferecer amor sem trincar o corpo frágil de sua presa. Donana não, amava com certa delicadeza de gente. Não tinha precisão de convencer ninguém de nada. Que o mundo todo se lascasse, não se importava. O mundo todo não era Menino. E o mundo para Donana se reduzia ao que podia ser refletido dentro dos olhos de Menino. O resto não a interessava. Tanto faz como tanto fez. A unha pintada, o anel de pedra. O vestido florido deixava claro que era gente. E gente da melhor espécie. Gente que fazia bico e juntava dinheiro. Mas, ser gente a exímia do quê¿ De que tipo de crime? Talvez muito pelo contrário quem sabe adiante daqui a pouco. ¿E se fosse bicho, qual seria o problema? Talvez apenas pudesse abaixar a cabeça e esperar um cafuné de seus donos. A água fervia. O borbulhar recordava a respiração ofegante de Menino. Que ferva mais um pouco. Seu dono agora era outro e tinha vindo do próprio ventre. Os velhos estavam certos, nós que parimos os monstros. Donana não sabia nada disso. Não conhecia monstro algum. Não devia nada a ninguém, a não ser para sua falecida mãe, que a carregou no bucho e a sustentou com o próprio sangue. Mesmo anos depois tendo morrido seca e anêmica. Coitada. Não era sua culpa. Está certo que não pedira para nascer, não tinha a ousadia da mendicância, no entanto, nunca se rebelou contra essa tragédia. Não era de espernear. Fazia parte dos seres atônitos. E os que se rebelaram não foram bem recompensados. Cada um que pagasse o preço pelos seus fantasmas. Os cadáveres não atrapalham se estiverem devidamente enterrados. E da sua família tinha certeza que enterrara todos com o maior dos zelos. Não voltariam para puxar o pé de ninguém, isso era mais do que certo. Não se podia confundir a janela com o vento. Forçou a lembrança. Nada. Nada. Nada. Nidação. Tentou se recordar do tempo em que a boca dotada de um gesto caricato cuspia o cordão umbilical. Não havia reminiscência nos nascimentos, apenas um enjoo ancestral. Não se lembrou de nada, as horas já tinham engolido suas memórias. Regurgitado. Isso acontecia com frequência, as horas roíam com mais vigor que os ratos, talvez, por isso, achasse tão inútil matá-los. Não sujaria suas mãos. Não por tão pouco. Melhor vê-los correndo com a inocente certeza da eternidade, sem as sombras do capuz e do cajado. Deslizou a mão pelo vestido. Viscose. Era gostoso deslizar as mãos pelo emaranhado de linhas.

Ter consciência da falência e feiura do próprio corpo é uma forma segura de fugir do desespero. Não era desesperada, esperava as desgraças com as mãos cruzadas, um defunto esquecido do enterro. Lembrara das mãos cruzadas do pai sobre o ventre, jamais imaginou que um dia veria as mãos paternas em silêncio. Não era disso que falava, era da feiura. Não lamentou por ser feia, até achou um alívio. Nunca escutou que os bichos deslumbrantes não morriam de tédio. Tédio pareceu uma palavra estranha na sua boca, um tanto irreconhecível, como se as sílabas tivessem mudado de lugar. De repente sentiu pena das borboletas, seus voos curtos e sua vida breve. Escutara falar que até mesmo escritores morriam de tédio. Não acreditou, devia ser lorota. Devia ser invenção desse povo ignorante. Ninguém com tantas histórias na cabeça poderia sentir desejo de acabar. Donana encostou o ouvido grande no coração miúdo. ¿Ou seria o ouvido miúdo no coração grande? O coração costuma ser o órgão mais vasto e elástico do corpo. Uma coceguinha boa tomou conta da orelha, como se um formigueiro inteiro percorresse seu lóbulo de velha. Passara dos quarenta. Alguém nessa idade está mais perto da morte do que do nascimento. Se forçasse a memória lembrava da própria meninice. Envelhecer era bom, confundia os sentidos. Antes tinha certeza de tudo, agora tinha dúvida de tudo, como se o globo terrestre tivesse virado de ponta cabeça. Veias e artérias e um tum tum tum sem fim. Um maquinário estranho, Deus tinha formas inusitadas de agir. Se fosse bicho a existência de Deus seria irrisória. Não era bicho, sabia porque pensava. Pouco. Muito teria fundido a cabeça. ¿Quem se importa com a solidão dos gênios? Queria poder se lambuçar de afeto, como apenas os seres sem memória são capazes. ¿E se fosse bicho, qual seria o problema? Andaria mais perto da terra, teria sentidos mais largos. Não daria tanta importância às coisas que despencassem do seu ventre. Tomaria banho quando bem entendesse. Não era bicho porque tinha consciência de Deus e até inclusive tinha pavor dos seus castigos. Se fosse bicho não teria medo de ir para o inferno. Era bom ouvir aquele ritmo vagaroso perto dos tímpanos. Sentir a vida se esvaindo a cada batida. Não era pessimista. Não pensava na morte, porém escutava os seus cascos, as esporas, o relincho alto, a fala embolada, a saliva arenosa, o barulho das castanholas, a brancura das almas penadas, sabia que cedo ou tarde ela viria e a arrastaria pelos pés. Talvez antes abrisse as cortinas, talvez não. De qualquer forma não teceria as mortalhas. No entanto, não resistiria. Com certeza teria trabalho, levou a vida toda para acumular os músculos e as gorduras ao redor de si. Tanta arquitetura e vem um sopro e desmancha tudo. ¿Para que tanto esforço meu Deus? Lembrou do AVC de Dona Socorro. Que lembrança mais besta! Lembrou da epidemia de gripe que dizimou o povoado vizinho. Fez o sinal da cruz. Deus me livre e guarde. Que a morte venha para quem dela precise. E eu não tenho precisão nenhuma. Tinha que zelar por Menino, não podia se dar ao luxo de morrer agora. De longe também escutava as vozes agourentas de uma procissão. E um zum zum zum igual de abelha faminta. Era dia de algum santo que conhecia apenas de nome, mas ignorava o milagre. Não podiam culpá-la. Nunca fora atendida em nenhum pedido urgente. A morte fabricava santos a rodo, não era possível decorar o nome de todos. Afastou-se rápido, não queria acordá-lo. Dormindo ele era todo sua pose. Observou a perfeição da unha do dedo mindinho. Do nariz escorria um catarro escuro, era a doença abandonando o seu corpo. Tanta coisa ruim para pegar, grudou logo no meu Menino. Isso não ficaria assim, haveria de se vingar. Praga infeliz. Como pode se apossar de um ser tão inofensivo! O coitado mal sabia se defender, não faria mal a uma barata. A doença fez com que adquirisse um sono leve, qualquer pena no chão e acordava assustado. Detestava a ousadia das moscas, lambiam sua cara como se fossem suas donas. Nojentas. Como podia sentir tanto amor por uma criatura tão minúscula e frágil¿¿¿¿ Que pode o corpo pouco largo de uma mãe¿ Mães deveriam nascer com quatro braços, só assim protegeriam suas crias de todo mal feito e descansariam em paz. Uma mãe no final das contas nunca descansa, é vigília a vida todinha. Desde que virara mãe costumava dizer que o melhor barulho era o da chave virando, porque seu coração poderia dormir tranquilo, o filho atravessara a porta são e salvo. Contudo, fazia meio ano que Menino não abandonava a cama para nada. Menino agora se assemelhava a um lagarto desmaiado sobre a pedra. Menino se tornara silencioso, já não movia nenhum ferrolho. Nem desconfiava que era criatura rara, nem se dava conta da sua tamanhez. Dormia pesado, certo da sua desimportância. Donana chorava escondida pelos cantos. ¿Uma mãe não deveria ao menos ter o direito de ser tão vasta quanto um país populoso? Mãe deveria estar no mapa como um país sitiado. Coração na mão, sim, decerto essa expressão fora inventada por alguma mãe agoniada. O filho nunca exigira nada, no entanto, ela sempre estava disposta a dar mais e mais. Era o que uma mãe sabia fazer, se doar. Desde que nasceu seu corpo não parava de alargar. Era um apertão e um quebrar de ossos. Podia vê-lo desmontando como um brinquedo velho. O afeto nasce com olhos nas costas. Mal podia adivinhar se os músculos ainda tinham forças para suspender o peso do esqueleto no tronco da árvore. Cada macaco no seu galho. ¿Onde aprendera amar com tanto afinco? Decerto não fora com os seus. Mesmo Nina, uma cachorra safada que pensa ser gente, não morre de afetos pelos filhotes, expulsa os filhos da barriga com resignação, mas, logo levanta-se e leva consigo as tetas pingando leite, satisfeita com a sua autossuficiência, faz um desenho doce e incoerente por onde passa, depois deita-se sozinha e sorri, feliz pelo prazer de estar só, de ser de novo apenas uma em seu próprio desalento. ¿Quem convenceria uma mãe das vantagens da solidão? ¿Quem as convenceria a comer seus filhotes depois de engolir a placenta? ¿Como sorriria de novo depois de parir? Agora seus dentes viviam agoniados dentro da boca, a cara se torcia em caretas de susto. Mães se assustam facilmente. Um caco de vidro, um espinho no pé, um ralado no joelho. Desde o nascimento do Menino perdera de vez o sossego. Era como um bicho em constante alerta. Sentava e levantava antes do ferver do leite. ¿Que mundo é esse que se descobriu depois da barriga inchar? Não conhecia mais a sensação de deitar a cabeça no travesseiro e desaparecer aos poucos. Mãe não tinha o direito de ficar invisível. Agora estava sempre atenta, parecia um animal atrás de sua presa. ¿Quando foi que amoleceu? Não costumava ser assim, seus nascimentos eram semelhantes aos nascimentos das criaturas rastejantes, sem muito pesar. Parece que antes dele todos os outros filhos não passavam de crias ordinárias, farinha do mesmo saco, era uma dor, um grito abafado, uma sentada e um esparramar de placenta, com Menino foi diferente. Menino explodiu, espalhou pedaços e agora ficarei a vida inteira a juntar. ¿Onde já se viu sofrer tanto por uma criatura de nem um palmo de terra? ¿Que mal faz sombra no terreiro? ¿Que macumba foi essa que lhe jogaram? Isso só poderia ser feitiço dos brabo. Não era normal uma afeição daquele tantão de desarranjo. Se preciso fosse se jogaria na frente de um trem por Menino. Está certo que nunca vira nenhum trem nas redondezas. Tanto amaldiçoou as mães e agora agia igualzinho a elas. Até o sinal da cruz fazia, logo ela que nunca acreditou em nadinha de nada. Agora era tecida de fé, espalhava terços e velas pela casa, chamava as outras mães de comadre e fazia promessa para Santa Virgem Maria. Uma vez ou outra pedia ajuda ao Diabo, mas era só para equilibrar as coisas. Estava amarrada, como se o cordão umbilical ainda se arrastasse do seu ventre para aonde Menino for. E ele correria tanto por esse mundo afora e o seu ventre alargaria mais e mais, a desgraça do amor não tem paradeiro. O ódio não desgruda, mas o amor te enlarguece de um modo que não jeito, te tira dos prumos. Hemorragia. ¿Como era mesmo o nome daquela mãe que se enforcara depois que o filho partiu? ¿Alguém tinha lhe perguntado algo? Não escolheu. ¿Quem pode explicar? As mães se pareciam com aqueles músicos que ensaiam por horas para tocar durante um concerto de poucos minutos, eles estão lá, entre os outros, nenhum espectador prestará atenção especial ao seu desempenho, assim mesmo tocam como se fossem os únicos a terem um instrumento. Donana tocava o corpo de Menino como nunca tocara outro corpo. A maternidade é um inferno que se tivermos sorte passamos incólumes. A palavra mãe soava um pouco forte demais aos seus ouvidos, carregava uma gravidade ancestral e desnecessária. Não queria que as suas atitudes fossem catalogadas. ¿Afinal, não éramos apenas animais desgarrados em um mundo vasto e assustador? O espelho ainda estava lá, era apenas duas, uma falsa, outra verdadeira. Eram apenas duas uma verdadeira uma falsa. ¿Ou seriam as duas falsas? ¿Ou seriam as duas verdadeiras? ¿Ou nem uma coisa nem outra? Uma cabia dentro do pequeno círculo, outra não cabia em si. Simulacro. Um útero, sim, era só isso, um órgão não poderia ser responsável por uma imensidão de desatinos. Passou a mão pelo seu ventre e sentiu só uma gordura abdominal indesejável, adquirida depois da terceira gravidez. Assim mesmo, Donana, a mãe, esmorecia de preocupação. Quase não tinha consciência que o filho a desterrara. Não tinha mais vontade própria. Virou terra de ninguém. ¿Mas, afinal, quem no mundo era livre? Escutou um rosnar do Bruxo. Minutos depois um rosnar mais alto. Raras vezes ele rosnava assim, com uma certa eloquência humana. Devia ter algum ninho de cobra no quintal. Antes cobra do que escorpião. Deixou pra lá. Esse cão não sossegava mesmo. Logo, logo jogaria um osso, ele se entreteria um pouco procurando um lugar seguro para enterrá-lo. Os cães enterram seus ossos e os homens enterram os seus mortos. Tudo na mais perfeita ordem. Enquanto isso ocorresse tudo estava sob controle. Menino era mesmo bonito. Donana era macaca velha, sabia se virar, pelo menos era o que todos pensavam, mas veio Menino e ela ficou tonta de repente, como se tivessem tirado dela a esperteza, como se a tivessem amarrado as mãos, ficou assim, feito um brinquedo manipulável, você olhava e ela continuava olhando fixamente para a beleza inexistente de Menino. ¿Não seria mais fácil fazer como os de raças menores? ¿Simplesmente não se importar? ¿De onde tiraria forças para o descaso? Não sabia. Agora o desafeto lhe parecia uma ideia tão mórbida... Lambeu os dedos, também tinha um pouco de estima por si mesma. Pouca. Depois de Menino desaprendera o desamor. Até soava como palavra estrangeira. Não conseguia mais pronunciar. A respiração não estava mais ofegante e o coração batia em um ritmo compassado. A vela queimava e iluminava uma parte da cara medonha. Medonha para os outros, Donana não se assustava com aquelas pequenas vesículas de água atormentando o sono frágil de Menino. Tinha um pouco de receio dos carrapatos, enxotou Nina para longe, ela deu um pequeno ganido e saiu com o rabo entre as pernas. Hora ou outra Menino dava um remelexo, como se a cama estivesse infestada de pregos, mas não era por conta da febre que tanto preocupava Donana, era devido ao calor escaldante e aos pernilongos, que não paravam de perturbá-lo. Não se tinha paz. ¿E não é que ele era bonito? Não se podia negar. Não era boniteza devido ao seu afeto, era boniteza real, quaisquer olhos podiam ver. ¿Será que puxara ao pai? Não, com certeza não. Apesar de ter perdido muitos quilos devido à doença não tinha o corpo desossado, puxara Donana, encorpada, ombros fortes, bacia larga. Não conseguia mais dar conta dos afazeres, não desgrudava os olhos do filho. ¿Não era o papel idiota de todas de sua espécie? ¿Alguém conhecia uma mãe que não se descabelasse pelo bem-estar do filho? Não podia reclamar. A natureza conduzia o caminho dos desafortunados. ¿Não é o que dizem? O olho do dono engorda o gado. Não arredaria o pé dali. Já até previa as pálpebras de Menino se abrindo vagarosamente como as asas de um pássaro preguiçoso. Os braços longos em busca do abraço da mãe. E ela não se negaria. Nunca se negaria a Menino. Não desgrudaria o traseiro rechonchudo da cadeira. Não adiantava senhor nenhum chamar. Não nasceu com o rabo grudado no rabo de ninguém. Que os outros se virassem com as coisas menores. Acendeu outra vela. Não para rezar, pouco sabia dessas crenças humanas, os homens que um dia conheceu costumavam acender uma vela para Deus e outra para o capeta. Não entendia dessas coisas, antes queria espantar o amontoado de mosquitos que rondavam o corpo fedido de Menino. Algumas moscas tinham asas brilhantes e azuladas. Era seu filho, porém não podia negar que cheirava como um animal de carga. Quem sabe fosse a doença que o fazia cheirar parecido com esterco. Além disso, soubera que mosquito em volta de ser doente trazia mau agouro. Não era supersticiosa, mas melhor não duvidar. Não custava fazer o sinal da cruz para espantar coisa ruim, se não surtisse efeito mal não faria. Recordou da vizinha que enterrara dois rebentos, fez o sinal da cruz de novo, não era supersticiosa, mas melhor não duvidar. Se fechava os olhos com força ainda enxergava os dois caixões brancos na sua frente e o sofrimento descabido da mãe. Os véuzinhos cobrindo os corpos pequenos e duros, duas infâncias enterradas, duas sementes perdidas. Nem teve muito tempo para viver o sofrimento da lembrança, logo recordou de um caso bonito, tão bonito que parecia mentira, mas era verdade, a comadre Teresa testemunhou e quando contava a história se arrepiava todinha. Quando a gente se arrepia não existe jeito de ser mentira. A mãe perdera o filho único de uma doença misteriosa, assim que a doença se manifestou os médicos desenganaram a criança, mas você sabe muito bem que por essas bandas quando médico não cura, benzedeira faz milagre. O menino foi levado para todo tipo de curandeira, não teve jeito, logo foi recolhido pela mão do Altíssimo. Tudo parecia perdido para aquela pobre mãe. No entanto, no meio do velório o menino espreguiçou no pequeno caixão, deu dois ou três bocejos longos e gritou pela mãe, disse que estava com muita fome. Comadre Teresa disse que hoje a criança deve estar com uns cinquenta anos e tem saúde de ferro. Vez ou outra ela passa pela casa da velha conhecida e a mulher balança a cabeça satisfeita. Nada alegra mais uma mãe do que a saúde do filho. Donana também não gostava de receber visitas das mulheres solteironas, elas logo olhavam Menino e profetizavam feito gralhas: toma cuidado, Donana, última vez que vi uma criança assim, com essa doença ruim, não passou das seis horas. Se dependesse delas, logo chamariam seu Adamastor e encomendariam o caixão.

EPÍLOGO

Graças aos cuidados de Donana a criança vingou. Contudo, tal fato não privou a mãe do abandono. Menino carregava nos genes a marca da desgraça. Ele se portara como um cão sarnento, assim que se viu curado deixou o povoado, mal se lembrara que fora parido. Donana mingou aos poucos. Pensou no que as suas comadres sempre diziam: Menino é o macaco mais bonito e gordo que já vi, no entanto, tem o olhar funesto dos homens. Puxou o pai. Não acreditei.

Este livro foi composto em Sabon LT Std
e impresso em papel pólen natural 80 g/m²,
em outubro de 2022.